LE 牆 MUR

沙特短篇小說

JEAN-PAUL SARTRE　周桂音　譯

沙特

著

獻給奧爾加・科薩基維奇（Olga Kosakiewicz）

導讀

何時不再逃避自由，做自己？

電影《蝙蝠俠：開戰時刻》的結尾，被救到頂樓陽台的檢查官瑞秋，感激地問蝙蝠俠：「至少告訴我你是誰？」正準備離開的蝙蝠俠緩緩轉過身，他說：「我在外表底下到底是誰並不重要，我的所作所為才重要。」然後向下一躍，消失在黑暗的城市當中。

在我看來，這段對話很巧妙地說明了什麼是存在主義。我們可以是任何人，因為我們這一生要成為誰這件事並沒有被預先限定，我們有選擇的自由。主角布魯斯本來不是蝙蝠俠，但是他的所作所為，讓這位弱不禁風的大少爺，成為讓惡人聞風喪膽的英雄。這世界上原本沒有蝙蝠俠這號人物（本質），但是布魯斯為自己生命負責任的人生選擇（存在），活出了蝙蝠俠這個傳奇。這就是沙特說的：「存在大於本質。」

沙特不僅是一位哲學家，還是一九六四年的諾貝爾文學獎得主。可是沙特卻主動拒絕諾貝爾文學獎，不是他否定文學獎或是為了什麼外在的抗議理由，而是全然個人的選擇。沙特覺得自己是一位積極介入社會的作家，如果他做了什麼，那都是他個人的事，但若他今天有一個稱號，那不免也會把賦予他這個稱號的機構也牽扯進來，造成對方的困擾，而這不是他所樂見的情況。沙特在人生的選擇中，真實貫徹了他對自由看法，因為自由只能是個人的，而構成自由最重要關鍵，是意識所具有的否定能力。

沙特這部小說集《牆》出版於一九三九年十一月，他最知名的著作《存在與虛無》要到一九四三年才出版。在小說出版前的秋天，他寫了一封信給當時擔任《新法蘭西評論》（*La Nouvelle Revue Française*）的主編波朗（Jean Paulhan），他在信中寫道：「五個中短篇小說描繪面對存在出現的各種可能逃避（〈牆〉描寫死亡；〈黑若斯達特斯〉寫非理性行為與罪行；〈房間〉寫幻想的世界與瘋狂；〈一個領袖的童年〉寫法律與社會責任），指出每一種逃避都遭受失敗。」換言之，這些小說是沙特對存在的探索，但是這些小說不能被還原成純粹的哲學研究，而是有它們自身的存在價值，特別是在文學技巧上。讀者只消閱讀〈房間〉一開始，對達赫貝答夫人吃阿拉伯軟糖過程的描述，便會知道，沙特能獲得諾貝爾文學獎，絕對不是浪得虛名。

透過小說，如同當時沙特熱衷的現象學，可以讓他透過想像的方式來進入存在的世界，透過對各種不同狀況的描述，研究存在的本質。即使在《存在與虛無》這部充滿各種抽象術語的大部頭著作裡，沙特還是在很多段落裡，運用了類似小說的情境描寫，讓許多讀者覺得這部哲學著作有很強的文學感。

我覺得若要貼近沙特在《牆》所展現的文學性，最好的方式，是去讀他在那個創作階段對其他文學作品的評論，因為在批判的同時，往往也會透露出自己的文學觀。沙特《什麼是文學》於一九四七年發表時，他已有強烈的政治立場與完整的哲學架構，而這是《牆》小說集誕生時還不存在的，反倒是一九三九年二月的〈莫里亞克與自由〉（*François Mauriac et la liberté*），更能協助我們理解《牆》這部小說集所用到的文學技巧。

在這篇刊登在新法蘭西評論的文章中，沙特批評了莫里亞克小說中的上帝全知視角（莫里亞克後來獲得一九五二年諾貝爾文學獎），讓讀者無法將角色的時間變成自己的時間。沙特寫道：「你願意賦予你的角色生命嗎？請你給他們自由。問題不在給情慾下定義，更不在解釋它們……而僅在於展示情慾與不可預料的行為……正是緊迫感賦予藝術品以必然性和殘酷性……真正的小說衝突應該是自由與它本身的衝突。」

我們回頭來看〈牆〉這篇小說，至少就情節來說，讀者很快就知道，關鍵是這一群在牢房的犯人他們會不會被槍斃。這種面對死亡的緊迫性，不僅反映在情節安排上，沙特透過第一人稱的手法，帶領我們進入主角的內心，他對周遭的反應與感受，從來不是一致的，而是反覆無常，讓讀者充滿懸念。沙特在〈莫里亞克與自由〉最後提到：「直到我開始擔心他們最決裂的那一刹那，我仍然感到一切還可以另作安排。這是因為他們是自由的，他們的分離也是他們根據他們自己的自由意志造成的，這才叫小說。」這本書的其他幾篇小說讀起來一樣趣味盎然，充滿緊迫感，讓我們關心主角的命運（最終的選擇），一點都沒有一般對存在主義小說充滿沉悶壓力的刻板印象。

沙特強調小說要能讓讀者忘記自己的現實時間，讓主角的時間成為自己的時間，唯一方法就是要緊迫性。這種緊迫性其實就是一種懸念，一種戲劇衝突，也是很多通俗小說或電影所共享的基本要素。只是沙特更重視在這種緊迫性對什麼是自由的拷問。選擇的兩難充滿了戲劇張力，凸顯了人的存在狀態，這也說明了為何在小說之外，沙特還寫了不少舞台劇。

最後，我不免要問，在這個時代，閱讀沙特小說的意義為何？此時，我只能用個人經驗回答。在重新閱讀這些小說的過程中，我感受到這世界上的事物有太多細緻的不同層面，就像是沙特對阿拉伯軟糖的描述，豐富了我對存在的感受，這往往是我掛上網路上時感受不到的。網路的世界，更像是最後一篇小說〈一個領袖的童年〉的當代版，讓人落入人云亦云的破碎價值觀，我們越來越不會選擇，我們有的只是別人轉貼別人推薦的選擇。當代世界沒有牆，不是牆不存在，而是螢幕就是一道牆，只是我們忽略了這個基本事實而已。

沙特的小說催促我們思考：我們是否真的擁有自由，還是在逃避存在的責任。

耿一偉
台北藝術大學戲劇系兼任助理教授

牆

Le mur

我們被推進一間白色大廳，我的雙眼眨了起來，因光線刺目而疼痛。接著我看見一張桌子，後面坐著四名男子，都是平民，正在讀一些文件。其他囚犯聚在大廳深處，我們得穿越整間大廳去和他們站在一起。當中有幾個是我認識的人，其他應該是外國人。我前面是兩名金髮男子，頭很圓，長得很像，我猜他們是法國人。比較矮的那個不斷把褲子往上拉，顯得很煩躁。

一切持續了將近三小時，我昏昏沉沉，腦袋一片空白，但這裡很溫暖，所以還滿舒服的。之前的二十四小時，我們都冷得顫抖。守衛將囚犯一個接一個帶到桌前，讓那四個男人詢問他們的姓名和職業。通常他們只問這些，但偶爾也會問別的問題，譬如「你有參與破壞彈藥庫嗎？」或是「九號早上你在哪裡？在做什麼？」而他們並不會聽對方回答，或至少看似如此。他們只是沉默一陣，直直盯著前方，接著開始寫字。他們問湯姆是不是真的隸屬國際志願軍，而湯姆無法否認，因為他們早在他的外套口袋找到相關文件。他們什麼都沒問胡安，但胡安報上姓名之後，他們埋頭書寫了好一陣子。

「我哥哥何賽才是無政府黨的人，」胡安說：「他已經不在這裡了，你們很清楚這一點。我不屬於任何黨派，我從來不搞政治。」

他們沒回答。

「我什麼都沒做。我才不要為別人的所作所為付出代價。」胡安繼續說。他雙唇顫抖。一名守衛要他閉嘴，將他帶走。接下來輪到我了。

「您叫做巴布羅·伊比葉達？」

我說是。❶

這傢伙看著眼前的文件說：「拉蒙·葛立思在哪裡？」

「我不知道。」

「六號到十九號這幾天，您把他藏在家裡。」

「我沒有。」

❶ 譯註：這裡的胡安（Juan）、何賽（José）、巴布羅（Pablo）、拉蒙（Ramon）與之後的佩德羅（Pedro）皆為西班牙名字。本故事之背景為一九三六至一九三九年的西班牙內戰。

他們振筆疾書一陣子後，守衛將我帶出門外。湯姆和胡安在走廊上等著，身旁是兩名守衛。我們開始向前走。

「所以呢？」湯姆問其中一名守衛。

「什麼？」守衛說。

「剛才那是訊問，還是審判？」

「是審判。」守衛說。

「是審判？那他們打算怎樣？」

守衛冷淡回應：「您們會在牢房裡得知判決結果。」

我們的牢房，其實就是醫院的地窖，裡面冷得要命，寒風吹個不停。我們整夜都在發抖，白天也沒好到哪去。在這之前的五天，我都待在一間修道院的單人囚室，大概是中世紀殘存至今的地牢。由於囚犯太多、空間太少，他們就把人到處關在一些莫名其妙的地方。我並不懷念那間囚室，那裡雖然不冷，但我獨自一人，待久了很容易發怒。地窖至少有人陪我。胡安幾乎沒開口，他很害怕，而且年紀太輕，還找不到適當的言詞。但湯姆是個話很多的人，而且他西班牙語說得很好。

地窖裡有一張長凳和四張草蓆。被帶來這裡之後，我們便坐了下來，在靜默之中等待。

「我們完蛋了。」過了一陣子，湯姆說。

「我也這樣認為，」我說：「但我想他們不會對胡安這小子怎樣。」

「他們毫無理由定他罪，」湯姆說：「他是造反份子的弟弟，就這樣而已。」

我看看胡安，他似乎沒聽見。湯姆再度開口：

「你知道他們在薩拉戈薩（Saragosse）❷怎麼處刑嗎？他們讓死囚躺在路上，然後用卡車輾過去。這是一個摩洛哥逃兵告訴我們的。他們說，這樣做是

❷ 譯註：本故事提到的城市皆位於西班牙。

為了節省子彈。」

「但不能節省汽油。」

湯姆把我惹毛了，他不該講這種事。

「路上會有一些軍官走來走去，」他繼續說：「他們一面監督一面抽菸，雙手插口袋，輕輕鬆鬆。你以為他們會給那些沒被輾死的人致命一擊嗎？去你的。他們就放任這些人在路上慘叫，有時拖一小時才死。那個摩洛哥人說，第一次看到的時候，他差點吐出來。」

「我不認為這裡會這樣做，」我說：「除非他們真的缺子彈。」

陽光透過四道氣窗照射進來，天花板左側挖了個大大的圓洞，可以看見天空。這個洞平常用擋板活門封著，是用來將木炭運入地窖的出入口。洞的下方堆了大量煤炭，原本是用來供給醫院的暖氣系統，但戰爭爆發之後，病人被疏散至別處，煤炭於是原封不動留在原地，有時甚至暴露在雨水之中，因為工作人員忘了關上擋板活門。

湯姆開始發抖。「我的老天爺，好冷，」他說：「看吧，又開始了。」

他站起身來，開始做體操。他的襯衫隨著每個動作一敞一合，露出白皙多毛的胸膛。他仰躺在地上，高舉雙腿，做起剪刀式的交叉動作。我看著他的肥臀抖動。湯姆身材強壯，但是脂肪太多。我想著不久之後，步槍的子彈或刺刀的刀尖就會進入這團軟肉，像插進大塊奶油一樣。如果他是個瘦子，我一定不會有這種想法。

我並非真的覺得冷，但肩膀和雙臂都已失去知覺。有時我覺得身上少了什麼，於是環顧四周找我的外套，然後才突然想起，他們並沒有把外套還我。真讓人難以忍受，他們拿走我們的衣服，送給他們的士兵，只留給我們一件襯衫、還有專供住院病患在盛夏穿著的麻布褲。過了一陣子，湯姆起身，氣喘吁吁在我身邊坐下。

「你身子暖了？」

「我的老天爺，沒有。但我快喘不過氣了。」

晚上八點左右，一名指揮官和兩名長槍黨員走了進來。指揮官手中拿著一張紙。

「這三個，叫什麼名字？」他問守衛。

「斯坦因博克、伊比葉達、米勒呇。」守衛說。

指揮官戴上他的夾鼻眼鏡，盯著名單。

「斯坦因博克……斯坦因博克……找到了。您被判死刑，明早槍決。」

他又看了一下名單。

「另外兩個也是。」他說。

「不可能。」胡安說：「不該有我。」

指揮官一臉訝異地看著他：「您叫什麼名字？」

「胡安・米勒咨。」他說。

「怎麼，您的名字就在這裡，」指揮官說：「死刑。」

「我什麼都沒做。」胡安說。

指揮官聳聳肩，轉身朝向湯姆和我。

「您們是巴斯克人？」

「這裡沒有半個巴斯克人。」

他面露慍色。

「有人跟我說這裡有三個巴斯克人，我可不會浪費時間去找他們在哪裡。您們當然不想見神父吧？」

我們連回答都沒回答。

「有個比利時醫生待會會過來。我們准他在您們這兒過夜。」他說。

他行個軍禮，出去了。

「我剛剛是怎麼跟你說的，」湯姆說：「我們玩完了。」

「對，」我說：「但小子真慘。」

我這樣說是為了表現出公道的樣子，但我其實不喜歡胡安這小子。他的臉孔太過纖細，如今因為恐懼與痛苦而變形扭曲。三天前他還是個嬌弱的小鬼，還可以算是討人喜歡；但現在他看起來像個搞雞姦的老頭子，我想，就算他們放了他，他也永遠不會再變回年輕人的樣子了。施捨他一點憐憫倒也不是壞事，但憐憫讓我作嘔。我厭惡胡安。

他不再多說什麼，但雙手和臉龐都變得毫無血色。他重新坐下，瞪大雙眼盯著地板瞧。湯姆心腸很好，打算摟摟胡安的手臂，但胡安猛然退避，一臉猙獰。

「讓他靜一靜吧，」我低聲說：「你也看得出來，他要哭了。」

湯姆心不甘情不願地放棄。他很想安慰小子，這樣他就有事可忙，不會去想自己的事。但他這樣反而讓我惱怒——我自己從來沒想過死亡的事，但那是因為還沒遇過這種狀況；現在時候到了，除了思考這件事之外，並沒有別的事必須做。

湯姆開始說話。

「你有殺人嗎？」他問我。

我沒回答。他開始對我講起他打從八月初開始，總共殺了六個人。他搞不清楚狀況，而我知道他**不願意**看清狀況。我自己也還沒弄懂一切，我想著我們會不會死得很痛苦，想著子彈，想像彈如雨下，滾燙熱辣地穿過我的身體。這一切都跟真正應該思考的問題無關，但我不急，因為我們有整個夜晚的時間可以去理解這件事。過了一陣子，湯姆不再說話，我瞄了他一眼，只見他也變得面無血色，看起來悲慘至極。我心想：「開始了。」天已近乎全黑，一道暗淡的微光穿過天窗、透過那堆煤炭照射下來，在天空下暈染一大片光斑。從天花板的洞望出去，已能看見一顆星星——今夜，將會是純淨而冰涼的夜。

門開了，兩名守衛走進來。他們背後跟著一名身穿比利時制服的金髮男子，他向我們打招呼。

「我是醫生，」他說：「他們准我陪伴您們度過這難熬的時刻。」

他的嗓音很好聽、很優雅。

「您來這裡做什麼？」我問他。

「我來為您們服務。我會盡全力讓接下來幾個小時不那麼沉重。」

「您為什麼來我們這裡？還有其他人，醫院到處都是和我們一樣的人。」

「我被派來這裡。」他以含糊的態度說。

「啊！您們喜歡抽菸嗎？」他急忙說道：「我有香菸，連雪茄都有。」

他拿出英國菸和古巴雪茄請我們抽，但我們拒絕了。我盯著他的雙眼，他似乎有點尷尬。

「您來這裡，並非基於同情心。而且我認出您了。我被逮捕那天，在營房的中庭看見您和法西斯在一起。」我說。

我本來還想繼續說下去，但心情突然轉變，連我都吃了一驚——突然之間，我對這名醫生的出現，一點都不感興趣了。一般而言，我若盯上一個人，是不會放過他的。但我突然就不想說話了。我聳聳肩膀，別開目光。半晌，我抬起頭來，他正以好奇的神情觀察我。兩名守衛在一張草蓆上坐下。高高瘦瘦那個名叫佩德羅，他正轉動著大拇指；另一個則不時搖頭晃腦，避免睡著。

「您需要燈嗎？」佩德羅突然問醫生。

醫生點點頭。我想他的智商大概沒比一截木頭好多少，但他或許不是壞人。看著他那雙冰冷的藍色大眼時，我覺得，他的罪是因為缺乏想像力。佩德羅走出牢房，回來時提著一盞煤油燈，將它擱在長凳一角。光線很弱，但總比什麼都沒有來得好。昨晚，我們是在一片漆黑中度過一夜。我看著天花板上的圓形光暈，看了好一會兒，為之神迷。接著我猛然回神，光暈消散，彷彿有千斤般的重量壓在我身上。那並非因為想到死亡將至，也非因為恐懼。那沒有名字，無法稱呼。我顫頰發燙，頭痛欲裂。

我打起精神，看著兩名同伴。湯姆將頭埋進雙手，只露出他白白胖胖的脖子。年輕的胡安狀況遭透了，他的嘴巴大大張開，鼻翼顫抖著。醫生靠近胡安，將手放在他的肩膀上，彷彿要安撫他，但那雙藍色眼眸依舊冰冷。接下來，只見他將手從胡安的肩膀向下滑，偷偷滑到胡安的手腕上。胡安任憑擺布，無動於衷。比利時人用三隻手指握住胡安手腕，擺出漫不經心的樣子，同時稍稍後退，轉身背對著我。但我向後一靠，因而看見他摘下胡安的手錶。他稍稍查看那支錶，同時繼續握著胡安的手腕。過了一會，他放下胡安毫無氣力的手，自己則倚靠牆壁，然後彷彿突然想起什麼重要的事，必須立刻記下來，於是從口袋中掏出一本筆記，寫了幾行字。「這個混帳，」我憤怒地想著：

「他最好別來量我的脈搏，我會一拳揍在他那張噁心的臉上。」

他沒過來，但我能感覺他盯著我看。我抬頭回敬他的目光，他以平淡的口吻說：「您不覺得這裡很冷嗎？」

他看來真的很冷，臉幾乎凍成紫色。

「我不冷。」我回道。

他沉重的眼神，直盯著我不放。突然我懂了。摸摸自己的臉，發現我滿頭大汗。在這寒冬時期，在地窖的呼呼冷風中，我渾身是汗。我將手指伸進頭髮，髮絲因流汗而濕成一片。同時，我發現自己的襯衫濕透了，緊貼在皮膚上。我已經冒汗了超過一小時，卻絲毫沒察覺這件事。但這隻比利時豬頭看得一清二楚，見我臉上汗珠滴落，他心想：這表現出一種近乎病態的驚恐狀態；而他則因為怕冷而感到自己有多正常，並引以為傲。我想站起來揍爛他的臉，但才剛要起身，我的恥辱與憤怒就消失了。我跌坐回長凳上，對一切漠不關心。

我只是用手帕揉著脖子，因為現在我能感覺汗珠從髮稍滴落後頸，很不舒服。沒多久，我就放棄繼續摩擦脖子，那一點用都沒有。手帕已經可以擰出水來，而我還在流汗。我連臀部都在流汗，濕透的長褲緊貼長凳。

胡安突然開口。

「您是醫生？」

「對。」比利時人說。

「我們會痛苦……很久嗎？」

「噢！當……的時候？不會的，」比利時人以慈父般的口吻說：「很快就結束了。」

他看起來彷彿正在安撫一名會付錢給他的病患。

「但我……我聽說……常常需要掃射兩次。」

「有時是這樣，」比利時人點頭說道：「有時第一次掃射之後，卻沒傷到重要器官。」

「所以要等他們重新填入步槍子彈、再度瞄準？」

胡安思考了一下，以嘶啞的嗓音說：「那多花時間啊！」

他極度恐懼痛苦，滿腦子只想著這件事。他這年紀就是這樣。我已經不太去想這方面的事。我流汗的原因，並非因為懼怕痛苦。

我起身走向那堆煤炭，湯姆嚇了一跳，惡狠狠瞪我一眼，因為我的鞋子發出劈啪聲，惹惱了他。不知我的臉是否和他一樣土灰，他也正在冒汗。星空燦爛，這裡毫無光害，我只需抬頭，便能看見大熊星座。但星空已和以往截然不同。前天晚上，在修道院的單人囚室，我能看見一大片天空，一天當中的每個時刻都勾起一段不同的回憶。清晨，當天色是一片冷峻而清淡的藍，我想著大西洋岸的海灘；中午看見太陽時，我想到塞維亞城內一間酒吧，我在那兒喝蔓莎尼雅雪莉酒、吃鯷魚和橄欖；下午因房位於陰涼處，我想著深深的黑影在古羅馬競技場的半邊擴散開來，而另外半邊在陽光下閃耀光芒。當時，眼見整片大地這樣映照在天空中，是很令人難受的事。現在我想看天空就看天空，那再也無法讓我想到什麼了。我比較喜歡這樣。我回到湯姆身邊坐下。一段長長的沉默。

湯姆開始低聲說話。他總是得說話才能釐清思緒。我想他說話的對象應該是我，但他並沒有看我。或許他害怕看見我一臉慘灰、滿頭大汗的模樣，我們是彼此的鏡子，甚至比鏡子更難堪。他看著那個比利時人，那個活人。

「你懂嗎？」他說：「我不懂。」

「你說什麼？」我也低聲說話，同時看著比利時人。

「我們身上，就要發生一些我無法理解的事。」

湯姆身上有股奇怪的味道。我的嗅覺似乎比平常敏感。

「你待會就會理解了。」我嘲笑他。

「事情不清不楚的，」他堅持道：「我也很想勇敢，但我至少得知道……你聽我說，他們會把我們押到院子裡，在我們面前站成一排。他們會有幾個人？」

「我不曉得。五個或八個吧，不會更多了。」

「好吧，有八個人。發號施令的人會對他們大吼：『瞄準！』然後我會看見八支步槍對準我。我應該會往牆壁那邊後退，我的背部會以吃奶的力氣猛推牆壁，但牆壁屹立不搖，像夢魘中的牆一樣。這些我都可以想像。啊！如果你知道我多能想像。」

「夠了！」我對他說：「我也可以想像。」

「一定會痛得不得了。你知道他們會瞄準眼睛或嘴巴，把臉孔射個稀爛，」他狠著心繼續說：「我已經感覺到那些傷口了，我的頭和脖子，從一小時前就開始痛。這不是真正的疼痛，比那更糟——這是我明天早上會感覺到的疼痛。

但是，之後呢？」

我很清楚他想說什麼，但我不想表現出來。那疼痛我也正親身感受著，像被劃下無數傷疤。雖然不習慣這疼痛，但我和他一樣，沒將注意力放在上面。

「之後，」我用粗魯的態度說：「你就在土裡啃蒲公英了。」

湯姆開始自言自語，雙眼盯著比利時醫生不放。他似乎沒在聽我們說話。我知道他來這裡做什麼：他對我們的想法不感興趣，他是來觀察我們的肉體，活生生的垂死之軀。

「這跟惡夢一樣，」湯姆說：「你想思考一件事，總是以為想到了，以為你就要懂了，結果它溜掉了，跑走了，又回到之前的狀態。我跟我自己說，之後，就什麼都沒有了。但我不懂這是什麼意思。有時我幾乎就要懂了……但接下來又不懂了，我又開始想著疼痛、子彈、槍聲。我跟你保證，我是唯物論者，我沒有發瘋。但有什麼東西不對勁。我看見我的屍體——這並不難，但看著屍體的人是我，用我的雙眼在看。我需要能夠這樣想……這樣想，到時候，我已經什麼都看不到、什麼都聽不到了，而世界會繼續為其他人運轉。巴布羅，我們生下來不是為了想這種事的。相信我，我也有過徹夜未眠等候某事的經驗，但這不一樣。巴布羅，這個會從背後突擊我們，而我們根本沒辦法準備。」

「閉嘴。」我說：「你要我叫神父來聽你懺悔嗎？」

他沒回答。我早注意到這件事了：他喜歡扮演先知，用無辜的語調叫我巴布羅。我不喜歡這樣，但聽說愛爾蘭人都是這個樣子。我隱約嗅到他身上有尿臭味。說實話，我對湯姆沒有太多好感，也不懂為什麼只因為我們要一起死，我就應該對他抱持多一些好感。如果是和別人一起死，譬如拉蒙．葛立思，狀況多少會不太一樣。但在湯姆與胡安相伴之下，我只覺得孤單。不過我比較喜歡這樣，如果身旁的人是拉蒙的話，我的態度可能會軟化。但此刻的我極度冷酷，而我想保持冷酷。

他繼續嘟嘟囔囔，但有些心不在焉。他一定是為了阻止自己思考，所以繼續講話。他身上瀰漫非常刺鼻的尿騷味，像患上前列腺病的老人。我當然贊同他的意見，他說的一切，也是我想說的：死亡一點都不**理所當然**。而且，打從我即將死去的那一刻開始，我眼裡再沒有什麼東西是理所當然的，無論是這堆煤炭、這張長凳、還是佩德羅那副噁心的嘴臉。我只是不喜歡自己和湯姆有一樣的想法。而我很清楚，接下來這一整夜，我們會在差不多同樣的時刻想到同樣的事，會同時顫慄或流汗。我看著他的側臉，第一次覺得他看起來有些古怪，因為死相已顯現在他臉上。我的自尊很受傷，過去二十四小時之內，我待在湯姆身邊，聽他說話，對他說話，而我知道我們毫無共通點。如今我們就像是孿生兄弟，原因僅僅是因為我們會一起死。湯姆握住我的手，卻不看我。

「巴布羅，我在想……我在想，我們是不是真的會化為烏有。」

我將手抽回，對他說：「混帳，你看看自己腳邊。」

他兩腳之間有一灘液體，褲管還繼續滴滴答答。

「這是什麼？」他驚慌失措。

「你尿褲子了。」我說。

「你亂講，」他憤怒地說：「我才沒尿，我一點感覺都沒有。」

比利時人靠了過來，用假惺惺的關心口吻問道：

「您覺得不舒服嗎？」

湯姆沒回答。比利時人看著那灘液體，什麼都沒說。

「我不知道這是什麼，」湯姆以粗暴的口吻說：「但我並不怕。我向您發誓，我不怕。」

比利時人沒回答。湯姆起身，走去牆角小便。他邊走回來邊扣上褲頭鈕扣，再度坐下，不再多說什麼。比利時人寫著筆記。

我們三個都看著他，因為他還活著。他的舉動是活人的舉動，他的煩憂是活人的煩憂；他在地窖冷得發抖，而活人就該這樣發抖。他的肉體順從聽話，營養充足。我們已經幾乎感受不到自己的身體了——無論如何，不再是用同樣的方式去感受。我想摸摸自己的長褲，看兩腿之間有沒有濕掉，但我不敢。我看著那個比利時人跨步行走，他能夠控制自己的肌肉，能夠想著明天。而我們是三道黑影，已經失去血液。我們像吸血鬼一樣看著他，吸吮他的生命。

他最後來到胡安這小子身邊。他是基於職業原因而觸摸胡安的頸項，還是因為臣服於某種慈善的衝動？若他是因為善意而行動，那就是這整個夜晚的唯一一次。他輕撫胡安的頭和脖子。胡安盯著他，任他安撫自己，接著突然握住他的手，用一種古怪的神情看著他。胡安用他那雙泛灰的、像鉗子一樣、一點都不討人喜歡的手，握住比利時人那隻肥胖、紅潤的手。我已經猜到接下來會發生什麼事，湯姆應該也猜到了，但比利時人只將這動作解讀為熾烈的熱忱，他面露慈祥地微笑。過了一會，胡安將那紅潤的大掌湊到嘴邊，打算一口咬下去。比利時人猛然抽身，踉蹌地一路退避至牆邊。那一瞬間，他用驚恐的眼神看著我們，想必突然理解，我們不是和他一樣的活人。我笑了出來，驚動了一名守衛。另一個守衛睡著了，他雖然雙眼圓睜，卻只見眼白。

我覺得很疲倦，我過度激動。我不願再去想清晨將會發生的事、不願去想死亡的事。那毫無意義，我只能找到一些字句，不然就是空無。但我一旦開始嘗試去想別的事情，就看見步槍的槍口正瞄準我。我可能連續被槍決了二十次。其中一次，我甚至以為真的一了百了——我大概打了個盹。他們把我拖到牆邊，我拼命掙扎、請他們原諒我。猛然驚醒之後，我看著比利時人，害怕自己剛才在睡夢中喊出聲。但他用手指梳理鬍子，什麼都沒注意到。如果我想的話，應該是可以睡一會兒。我已經四十八小時沒睡，快撐不住了。但我不想損失兩小時的生命，而且他們會在破曉時過來把我叫醒，我會跟他們走，睡眼惺忪頭腦昏沉，連一聲「唉唷」都沒吭就死了。我不想這樣，不想死得像一頭動物，我想搞懂這是怎麼回事。而且睡著的話，我怕會做惡夢。我站起身來四處走動，為了讓自己想想別的事情，我開始回想自己過去的人生。回憶排山倒海，亂哄哄地。這些往事有好有壞——至少，**以前**我是這樣分類的。那當中有一些臉孔、一些故事。我看見一名年輕的見習鬥牛士在瓦倫西亞鬥牛節被牛角刺穿身體的畫面，看見他的臉——他是我眾多叔伯當中的一人：拉蒙·葛立思。我想起一些往事：我如何在一九二六年失業三個月，如何差點餓死。我想起自己在格拉納達城內一張長椅上度過一夜，那時我已三天沒吃飯，怒火中燒。我不想死。想起這些往事，我不禁微笑。我多麼辛苦追尋幸福、追求女人、追求自由。要這些做什麼？我想解放西班牙，我崇拜馬加爾❸。我加入了無政府黨的運動，在公開集會上慷慨發言，把一切都看得很認真，彷彿我將會永垂不朽。

❸ 譯註：弗朗西斯科·皮·馬加爾（Francisco Pi y Margall，1824 ～ 1901），西班牙第一共和國（1873 ～ 1874）總統之一，其理論著述對西班牙無政府主義影響深遠。

此刻，我的一生歷歷在目，而我心想：「真是個天大的謊言。」我的人生一點價值都沒有，因為它已經結束了。我自問當時如何能夠四處漫遊、和女生談笑；如果我知道自己的死法是這樣的話，我絕對不會動一根小指頭。我的一生擺在眼前，關閉了，緊封了，像一個袋子一樣，但袋中的一切都尚未完成。有那麼一刻，我試著評價它。我很想告訴自己：這人生很美好。但我的一生不能就這樣論斷，它還只是藍圖而已。我耗時費力，企圖求得永恆的結論，卻什麼都沒搞懂。我一點都不惋惜：明明有許多值得懷念的事，譬如蔓莎尼雅雪莉酒的香醇美味，或是夏天在加的斯城（Cadix）附近的小海灣游泳的時光；然而，死亡讓一切都失去魅力。

突然，比利時人想到一個了不起的點子。

「朋友們，」他說：「如果軍方高層同意的話，我可以幫您們傳話給您們所愛的人，給他們一個回憶……」

湯姆喃喃抱怨：「我誰都沒有。」

我不發一語。湯姆等了一會之後，好奇看著我。

「你不傳話給康查嗎？」

「不。」

我討厭這種故作體貼的知心態度。是我的錯，昨晚我講了康查的事，我真該克制自己的嘴。我和她在一起一年了。直到昨天，如果能再見她一面，即使只有五分鐘，我都願意用斧頭砍掉一條手臂來交換。所以我才會對湯姆聊到她，因為我把持不住。但現在我已不想再見到她，也沒有隻字片語想告訴她。我甚至不會想將她擁入懷中。我厭惡自己的身體，它已變成灰色，而且不斷冒汗——我甚至不敢確定，康查的身體會不會也讓我反感。等她聽聞我的死訊，她會哭泣，會消沉好幾個月，生命變得索然無味。但是，要死的人終究是我。我想著她那雙溫柔的大眼睛。她凝視我時，會有某種事物從她那邊傳遞給我。

但那已經結束了，如果她現在凝視我的話，她的眸光只會停留在她眼中，不會傳來我這裡。我好孤獨。

湯姆也很孤獨，但方式不同。他跨坐在長凳上，以一種奇異的微笑看著長凳，一臉訝異。他伸出手，小心翼翼撫摸那木材，像是害怕弄碎什麼東西似的。接著他猛然將手挪開，全身顫抖。如果我是湯姆的話，絕不會這樣摸著長凳玩。這也是愛爾蘭式的滑稽把戲，但我也覺得東西的樣子變得很奇怪，看起來比較模糊淺淡，不像平常那樣清晰鮮明。我只需看著長凳、那盞燈或那堆煤炭，就能感覺自己快要死了。我當然無法清楚思考自己的死，但它就在我眼前，四處都能看見。死亡附在事物之上，藏身在這些東西悄悄後退的方式裡，它們低調地拉開距離，像垂危病人床邊那些低聲說話的人們。湯姆在長凳上觸摸的，是他的死亡。

以我現在的狀況，就算他們現在過來宣布我可以安然返家、說他們決定放我一條命，我也不會有太大反應——當你喪失長生不老的幻覺之後，等幾個小時或等幾年都是一樣的。我已經什麼都不在乎了，某方面來說，我很冷靜。但那冷靜卻無比駭人，原因出自我的身體。我的身體，我用它的眼睛去看，用它的耳朵去聽，但那已經不是我了。我的身體兀自冒汗、顫抖，我認不出它了。我不得不觸摸它、看著它，才能知道它變成什麼樣子，彷彿那是別人的身體似的。偶爾，我還能感受它，感覺它滑動，或是一跌，像置身一架劇烈顛簸的飛機之中。再不然，我還感覺得到心臟跳動。但這並無法讓我安心，所有來自我身體的一切，都怪異透頂。多數時候，我的身體緘默不語，保持不動，我所有的感受，只剩下一種沉重的壓迫感，某種汙穢醜陋的東西壓在我身上。我覺得自己彷彿和一隻巨大的臭蟲綁在一起。某刻，我摸摸褲子，它是濕的，不知是因為汗水還是尿液。為了謹慎起見，我走去煤炭堆那兒小便。

比利時人拿出懷錶，看了看。

「三點半了。」

這個混蛋！他一定是故意的。湯姆跳起來。我們都還沒發現時間過得這麼快，黑夜像一團陰暗而無法分辨形狀的物體包圍我們，我甚至已經忘記夜色何時降臨。

胡安尖叫起來。他絞著雙手哀求：「我不想死，我不想死。」

他高舉雙臂，奔跑，穿越整間地窖，接著癱倒在一張草蓆上，嚎啕大哭。湯姆以沮喪的眼神看著胡安，甚至已經不想安慰他了。事實上，那並無必要。這小子發出的音量比我們大聲，但他的狀況其實沒我們嚴重。他就像發高燒對抗病魔的患者。但當你不再發燒時，背後的病情其實更加嚴重。

他正在哭泣，我看得出來，他想著的不是死亡，他是憐憫自己。有那麼一秒，就那麼短短一秒，我也想哭泣，因憐憫自己而哭泣。但我的反應卻與此相反。我瞥了小子一眼，看他抽噎的瘦弱肩膀，覺得自己毫無人性。我既無法同情他人，也無法同情自己。我告訴自己：「我要乾淨俐落地死去。」

湯姆站了起來，走到天花板圓洞的正下方，開始等候日出。我很固執，我想乾淨俐落地死去，我腦中只有這件事。但在這同時，自從醫生告訴我們現在幾點之後，我便感覺時間流逝，一點一滴。

「你聽到了。」當我聽見湯姆這樣說時，天仍是黑的。

「對。」

有些人走在院子裡。

「他們來幹嘛？他們又不能在黑暗中開槍。」

過了一陣子，我們又什麼都聽不見了。

「看，天亮了。」我對湯姆說。

佩德羅打著呵欠起身，吹熄油燈。

「多冷啊。」他對另一名守衛說。

地窖陷入一片灰暗，遠處傳來槍響。

「開始了，」我對湯姆說：「他們一定是在後院行刑。」

湯姆向醫生要了一支菸。我不要菸。菸或酒我都不要。從這時候開始，槍聲響個不停。

「你了解嗎？」湯姆說。

他還想繼續說，卻閉上嘴巴，看著門。門開了，一名中尉和四個士兵走了進來。湯姆的菸掉到地上。

「斯坦因博克？」

湯姆沒回答，是佩德羅指認了他。

「胡安・米勒咨？」

「草蓆上面那個。」

「站起來。」中尉說。

胡安一動不動。兩名士兵從他手臂下面抬起他，逼他站直，但他們一鬆手，胡安就再度癱倒在地。

士兵們猶豫不決。

「這又不是第一個不舒服的，」中尉說：「你們兩個就把他扛走，到那邊再處理。」

他轉身對湯姆說：「走吧。過來。」

湯姆在兩名士兵包夾之下走出地窖，後面跟著另外兩名士兵，他們抬著胡安的腋下和膝蓋。胡安並未昏厥，他雙眼圓睜，雙頰汩汩流淌淚水。當我正要出去時，中尉叫住我。

「您是伊比葉達？」

「是的。」

「您在這兒等著。我們待會再來找您。」

他們走了出去。比利時人和兩名獄卒也離開了，只剩我一個人。我不知道發生什麼事，但我寧願他們快點解決。我聽見槍響齊發，一陣一陣，幾乎是規律的。每次槍響，我都渾身顫慄。我想尖叫，想拉扯自己的頭髮。但我咬緊牙關，將雙手插進口袋深處，因為我想維持俐落。

過了一小時，我被押出地窖，帶到二樓一間小房間。這兒飄蕩著雪茄的味道，悶熱得讓人窒息。兩名軍官坐在扶手椅中抽雪茄，膝上擱著一些文件。

「你叫做伊比葉達？」

「是。」

「拉蒙．葛立思在哪裡？」

「我不知道。」

訊問我的那名軍官個子矮胖，戴著夾鼻眼鏡，視線銳利。

「過來。」

我走近他們。他起身握住我的手臂，以一副恨不得讓我鑽進地底下的神情盯著我看。他使盡全力捏住我的二頭肌，那並非為了使我疼痛，而是一種權力遊戲，他想掌控我。他將滿嘴口臭往我臉上吹，想必他認為這也是不可或缺的招數。我們就這樣僵持了一會兒，我覺得挺可笑的。光是如此，遠不足以嚇唬將死之人。他粗暴地將我推開，再度坐下。

「一命換一命。如果你告訴我們他在哪，我們就放你一條生路。」他說。

這兩個配戴馬鞭、腳踩軍靴、裝飾過度的男人，終究也是將死之人。他們會比我晚死，但不會晚太久。他們忙著在無意義的廢紙堆中搜索人名；他們追著其他人，打算下毒或殲滅；他們對西班牙的未來很有意見，對其他主題也是。他們這些卑鄙的行為，在我看來既駭人又荒謬。我再也無法設身處理解他們，我覺得他們瘋了。

那個矮胖的傢伙依舊看著我，一面用馬鞭抽打他的軍靴。他的所有舉動都經過計算，使他看來像隻凶殘易怒的野獸。

「所以呢？你聽懂了嗎？」

「我不知道葛立思在哪裡，」我這樣回答：「我以為他在馬德里。」

另一名軍官舉起他蒼白的手，他顯得無精打采，但這也是精心計算的表演。他們這些小把戲我都看得一清二楚，我很訝異竟有人以此自娛。

「您有十五分鐘的時間可以考慮，」他緩緩說道：「把他帶到熨衣間，十五分鐘後再帶他回來。如果他仍堅持拒絕，那就就地槍決。」

他們很清楚這樣做意義何在，我已在等待中度過一夜，接著又在地窖中單獨等待一小時，同時他們正在槍斃湯姆和胡安；現在他們要把我關進熨衣間，這一切一定是昨天就準備好了。他們認為拖久了會神經衰弱，他們等我淪落至此。

他們錯了。進入熨衣間後，我因為虛弱而坐上梯凳，開始深思。並非思考他們的提議。我當然知道葛立思在哪，他躲在他的表兄弟家裡，在城外四公里的地方。我也知道自己絕對不會供出他的藏身處，除非他們刑求我（但他們似乎沒有這個打算）。這一切都已圓圓滿滿、徹徹底底地決定了，這問題已經一點都無法引起我的興趣。我努力想理解的，是自己這樣做的原因。我寧願去死，也不願出賣葛立思，這是為什麼呢？我現在已經不喜歡拉蒙・葛立思了。我對他的情誼已在日出前死去，連同我對康查的愛、連同活下去的欲望，全部一同消逝無蹤。或許我依舊欽佩他，他是一名硬漢。但我絕非因為這個理由而願意替他去死，他的命並不比我的命更有價值。誰的命都毫無價值。他們要把人押到牆邊，對他開槍，直到他氣絕身亡——那個人不管是葛立思、是我、還是別的什麼人，都是一樣的。我很清楚，和我相較之下，葛立思對西班牙的未來更有貢獻，但我才不在乎西班牙或無政府黨。一切都毫不重要了。儘管如此，我卻如此決定。我明明可以出賣葛立思來救自己一命，但我卻拒絕這樣做。這情形滿好笑的，這就是頑固。我心想：「可得有這樣的牛脾氣呢！」一陣奇異的喜悅盈滿我心。

士兵來到熨衣間，將我帶回兩名軍官面前。我們腳邊出現一隻老鼠，這逗樂了我。

「您看見那隻老鼠了嗎？」我轉向其中一名長槍黨員，對他說。

他沒回答。他一副陰沉樣，將自己看得很重要。我很想笑，但忍住了，因為害怕一開始笑就會停不下來。那個長槍黨員留著鬍子。

「傻瓜，你得把鬍子剪掉。」我說。

我覺得他在還活著的時候就讓毛髮掩埋臉孔，是一件很逗趣的事。他踢了我一腳，但沒有太大自信。我閉上嘴巴。

「那麼，」矮胖的軍官說：「你想通了嗎？」

我好奇地盯著他們，像端詳兩隻品種極度稀有的昆蟲。

「我知道他在哪。他躲在墓園裡。若不是在地下墓室，就是在掘墓人的小屋裡。」我說。

我的目的是要戲弄他們。我想看見他們起身、扣上軍服腰帶，以故作忙碌的神情發號施令。

他們猛然起身。

「快走。莫勒斯，您去羅培茲中尉那兒調十五名士兵。至於你，」矮胖的軍官對我說：「如果你說的是實話，我一定遵守承諾。但你如果敢耍我們的話，你會付出非常昂貴的代價。」

他們在一片喧嘩當中出動，我在長槍黨員看守之下，心平氣和地等著。有時我面露微笑，因為幻想他們會擺出什麼表情。我覺得自己很愚蠢，又很狡黠。我想像他們撬開墳墓、打開一個又一個地下墓室的門。我假設自己是別人，試著用他人的眼光來想像眼前的情況：這名執意扮演英雄的囚犯，這些留著鬍子的嚴肅長槍黨員，還有一批穿著軍服在墳墓之間疲於奔命的官兵；太好笑了，讓人難以招架。

半小時後，矮胖的軍官獨自回來。我想他是回來下令槍斃我的。其他人應該還在墓園。

那名軍官看著我，臉上毫無一絲困窘。

「把他帶到大院子，和其他人一起。」他說：「作戰結束後，將由常規法庭來裁決他。」

我以為自己聽錯了。

「所以我……我不會被槍斃？」

「總之現在不會。之後就不關我的事了。」

我還是搞不懂。

「但是，為什麼？」我問。

他聳聳肩膀，沒有回答，士兵將我帶走了。大院子聚集了一百多名囚犯，其中有女人，也有小孩，還有幾名老人。我繞著中央草皮兜圈子，腦袋昏昏沉沉。中午，我們被帶去食堂用餐。兩三個傢伙向我打招呼，我應該認識他們，但我沒回答。我連自己身在何處都搞不清楚了。

晚間時分，十幾名新來的囚犯被推進院子。我認出麵包師傅賈西亞。

「你這個走運的傢伙！我沒想到還能看到你活著。」他對我說。

「他們本來判我死刑，」我說：「但後來改變主意。我不知道為什麼。」

「我是下午兩點被逮捕的。」賈西亞說。

「理由是什麼？」

賈西亞從來不碰政治。

「我也不知道，」他說：「每個想法和他們不一樣的人，都會被逮捕。」

他壓低音量。

「他們逮到葛立思了。」

我開始發抖。

「什麼時候的事？」

「今天早上。他做了愚蠢的事。他在星期二離開表兄弟家，因為他們聽到了一點風聲。願意收留他躲在家裡的人多的是，但他不想再虧欠任何人。他說：『我本來應該躲在伊比葉達家裡，但他被抓了。我要去躲在墓園。』」

「躲在墓園？」

「對啊，真蠢。想也知道，他們今天去搜索墓園，這是一定會發生的事。他們在掘墓人的小屋裡找到葛立思。葛立思向他們開槍，就當場被擊斃了。」

「在墓園！」

一時之間天旋地轉，我跌坐在地。而且我笑得太激烈了，眼眶還因此泛了淚。

房間

La chambre

I

達赫貝答太太在指間捻著一顆土耳其軟糖。她小心翼翼將它湊近唇邊，同時屏住呼吸，深怕吹跑軟糖表面那層細緻的糖粉。她心想：「是玫瑰口味。」突然之間，她咬進那琉璃似的赤裸質感，口中滿溢一陣帶著腐臭味的香氣。「疾病讓感官更加敏銳，真是奇怪。」她開始想著清真寺，想著過度諂媚的近東民族（她的蜜月旅行地點是阿爾及爾❶），而她蒼白的雙唇便泛起一抹微笑，因為土耳其軟糖也是如此，過分諂媚了。

她不得不以手掌輕拂書頁，拍了好幾次。儘管她如此小心，書頁依舊覆上一層薄薄的白粉。這些細小的糖粒隨著她雙手的動作，在光滑的紙面上游移、滾動、嘎吱作響。「讓我回想起阿卡雄❷，海灘上的閱讀時光……」一九〇七年的夏天，她是在海邊度過。那時，她戴著一頂繫有綠色緞帶的大草帽。她會

❶ 譯註：阿爾及利亞首都。

❷ 譯註：Arcachon，法國西南部濱海城市。

帶著吉普❸或是寇蕾特．伊兒❹的小說，在棧橋旁邊閱讀。海風吹起細沙，形成旋風，像雨滴落在她的膝上，有時她得捏著書角，甩落書頁上的沙子。兩者的感官經驗是一樣的，只是沙粒很乾燥，而眼前的糖粒卻微微沾粘在她指尖。眼前再度浮現那黑色的海面，上方是一片珍珠色澤的灰色天空。「那時愛芙還沒出生。」她覺得自己被諸多回憶壓得沉沉的，但又像個檀木箱子一樣珍貴。當時閱讀的小說書名，突然浮現腦海：《小女士》（*Petite Madame*），這本書不難看。然而，自從達赫貝答太太被一場怪病困在她的房間裡，她便偏好閱讀回憶錄與歷史書籍。她期望她的苦痛，加上嚴肅的讀物，以及她對於內心深處最極致的感官經驗與回憶的警覺關注，能夠像溫室裡的漂亮水果一樣，促使她趨近成熟。

她的丈夫很快就會來敲她的門，一想到這件事，她就心情煩躁。一週當中的其他日子，他只會在晚間過來，靜靜親吻她的額頭，接著坐進安樂椅，在她

❸ 譯註：Gyp，本名西貝兒．麗婕提．德．米拉波（Sibylle Riquetti de Mirabeau，1849 ～ 1932），法國小說家暨劇作家，激進的反猶太主義者。

❹ 譯註：Colette Yver（1874 ～ 1953），法國女性主義天主教作家。

面前閱讀《時報》（*Le Temps*）。但星期四是「達赫貝答先生的日子」——他會去女兒家裡拜訪一個小時，通常是下午三點到四點。出門之前，他會走進妻子房間，兩人愁容滿面談論女婿的事。星期四的交談是如此容易預料，連最瑣碎的對話細節都可想而見，達赫貝答太太對此萬分厭倦。達赫貝答先生一出現，寧靜的房間便被他的身影占據。他不會坐下，而是到處走動，原地繞圈。達赫貝答先生的一舉一動都像玻璃碎片，刺痛達赫貝答太太。今天比其他週四更糟。一想到待會必須將愛芙的告白複述給丈夫聽，看著他那令人害怕的高大身體暴跳如雷，達赫貝答太太就開始沁汗。她從茶碟中拿起一顆土耳其軟糖，猶豫地端詳一會，又悲傷地將它放下。她不喜歡讓丈夫看見自己吃土耳其軟糖的樣子。

敲門聲嚇了她一跳。

「進來。」她的聲音有氣無力。

達赫貝答先生躡手躡腳走進來。

「我要去見愛芙了。」他說。他每週四都這樣說。

達赫貝答太太對他微笑。

「代我向她問好。」

達赫貝答先生沒答腔，他以憂慮的神情皺起前額。每週四這個時候，都有一股隱隱約約的惱怒，和胃裡正在消化食物的沉重壓迫感混雜在一起。

「離開她家之後，我會去見法蘭修，我希望他認真和她談一談，請他盡力說服她。」

他經常去見法蘭修醫生，但總無功而返。達赫貝答太太聳聳眉毛。若她的身體像從前一樣硬朗，她會很樂意聳聳肩膀。然而，打從怪病使她身體變得遲鈍之後，她便以面部的表情遊戲來取代太累人的動作。她以眼神說好，而非牽動嘴角；她揚起眉毛，而非肩膀。

「我們應該強行把他帶走。」

「我已經告訴過妳，這是不可能的。而且法律制定得很沒道理。那天法蘭修跟我說，有些家屬給他們造成的困擾，是難以想像的。有些人無法做出決定，堅持把病人留在家裡，而醫生束手無策，只能給一點意見，就這樣。」他再度開口：「我們只能等他鬧出公開醜聞，或是她自己主動要求將他關進精神病院。」

「這些，」達赫貝答太太說：「都還有得等。」

「沒錯。」

他轉頭看著鏡子，將手指探入鬍子，開始梳理鬍鬚。達赫貝答太太漠然凝視丈夫紅潤而強壯的後頸。

「如果她再這樣下去，」達赫貝答先生說：「她會變得比他更神經病。這太不健康了。她一步都不離開他，她從不出門，除非是去看妳。她沒有訪客。他們那房間的氣氛完全讓人窒息。她從不開窗，因為皮耶不要她開窗。彷彿我們必須請教病人意見似的。他們會在一個香匣裡面燒一些髒東西，應該是香水吧，妳會以為身在教堂。有時候，天哪……妳知道，她的眼神很奇怪。」

「我沒注意到這件事。」達赫貝答太太說：「我覺得她看起來很正常。當然，她總顯得悲傷。」

「她臉色慘白得像從土裡挖出來的死人一樣。她有好好睡覺嗎？有吃飯嗎？我們不能問她這種問題。有皮耶這個狡猾的傢伙在身邊，她夜裡一定無法闔眼。」他聳聳肩膀，「我最不敢相信的是，我們身為她的父母，卻不能保護她不被自己傷害。妳聽好，皮耶一定能在法蘭修那兒得到比較妥善的治療，那邊有座大公園。而且我想，」他面露一道淺淺的微笑，「他和同類的人會處得比較好。那些人就像孩童一樣，最好讓他們自成一圈，他們就是一種共濟會。我們早該在第一天就把他送進去，而且我告訴妳：這是為了他好。這當然是為他著想。」

過了一會兒，他又說：「我跟妳說，我不喜歡想到她一個人和皮耶獨處，尤其是夜裡。妳想想，要是發生什麼事怎麼辦？皮耶看起來那麼陰險。」

「我不曉得，」達赫貝答太太說：「如果需要那麼擔心的話，其實他一直都是這個樣子。皮耶總擺出一副看輕他人的模樣。可憐的孩子，」她嘆了口氣，繼續說道：「自尊心那麼強，卻落得如此。他以為自己比我們都聰明。他總有辦法對你說『您說得對』並用他自己的意見作出結論……他不知道自己病得這麼重，這對他來說是很幸運的事。」

她非常不悅地想起那張面露嘲諷、總是偏向一邊的長臉。愛芙剛結婚時，達赫貝答太太巴不得親近她的女婿，但她的努力都被他澆了冷水。他幾乎不說話，總是匆匆忙忙、心不在焉。

達赫貝答先生繼續闡述他的想法。

「法蘭修讓我參觀了他那邊的設施，」他說：「那兒好極了。病患住的是單人房，妳聽好：房裡有皮製扶手椅，還有貴妃椅。那裡有一座網球場，而且妳也知道，之後會蓋一座游泳池。」

他佇立窗前，看著窗外，一面彎曲雙腿左右微擺。突然他轉了個身，垂下肩膀，雙手輕輕插在口袋裡。達赫貝答太太感覺自己要開始冒汗了。每次都一樣，現在他會開始四下走動，像一頭困在籠中的熊，而他的鞋子每踩一步就會嘎吱作響。

「親愛的朋友，」她說：「拜託你坐下來，你讓我覺得很累。」她猶豫著繼續說：「我有件嚴重的事要告訴你。」

達赫貝答先生坐進安樂椅，將雙手擱在膝上。達赫貝答太太的脊椎骨掠過一陣輕微的顫慄。時候到了，她必須開口告訴他。

「你知道，」她邊說邊困窘地咳嗽：「我和愛芙週二見了面。」

「對。」

「我們閒聊了很多事，她表現得很體貼，我很久沒見她這麼有自信了。所以我問了她一些問題，要她聊聊皮耶。怎麼說呢，我得知一件事，」她為難地繼續說：「她非常重視皮耶。」

「這我當然知道。」達赫貝答先生說。

達赫貝答太太有點火大。她總必須鉅細靡遺地向他解釋事情，連一個逗點都不能漏掉。她多想被機靈敏銳且善體人意的人們環繞，只需說出半個字，他們絕對就能理解。

「我的意思是，」她再度開口：「她對皮耶的重視，和我們想像的不一樣。」

達赫貝答先生雙眼轉個不停，眼中流露憤怒與擔憂，每當他沒清楚弄懂一樁諷喻或一則新聞時，他都會這樣。

「這是什麼意思？」

「查爾，」達赫貝答太太說：「你別惹我疲累。你應該理解，身為母親，有些事很難說出口。」

「妳講的我一個字都聽不懂。」達赫貝答先生暴跳如雷：「妳的意思該不會是……」

「當然是！」她說。

「他們還……現在還是？」

「是！是！是！」她連說三次，被激怒了。

達赫貝答先生雙臂一攤，低下頭，陷入沉默。

「查爾，」他的妻子憂心地說：「我不該告訴你的。但我不能自己藏著這個祕密。」

「我們的孩子！」他緩緩說道：「和這個瘋子一起！他甚至認不出她是誰，

他叫她『阿嘉特』。她鐵定忘記了人生原本的意義。」

他抬起頭，嚴厲地看著妻子。

「妳確定沒有會錯意？」

「完全不需懷疑。我和你一樣，」她激動地說：「我不敢相信她說的話，也無法理解她。光是想到被這個不幸的可憐人吸引，我就……」她嘆了口氣，「無論如何，我猜他就是這點吸引她。」

「唉！」達赫貝答先生說：「妳還記得他來求親那天，我是怎麼對妳說的？我說『我想愛芙太中意他了』，而妳不願意相信我。」

他突然拍打桌面，臉猛地紅了。

「這就是反常！他把她抱在懷裡，邊叫她阿嘉特邊吻她，一面滔滔不絕散布他那些無稽之談，講什麼飛行的雕像和其他有的沒的！而她就任憑擺布！他們兩個之間到底有什麼？就算她一心一意憐憫他，那乾脆就把他送進精神病院，她可以每天早起去看他，那不就好了。但我從沒想過……這樣的話，我就把她當做一名寡婦。珍奈特，妳聽著，」他以低沉的聲音說：「我老實告訴妳，如果她情感豐沛，我倒寧願她交個情夫！」

「查爾，別說了！」達赫貝答太太大嚷。

達赫貝答先生一臉厭倦，拿起他方才進門時擱在小桌上的帽子和手杖。

「照妳剛才說的話來看，」他作出結論：「我沒多少指望了。無論如何，我還是會和她談，因為這是我的責任。」

達赫貝答太太巴不得他快點離開。

「你知道的，」她開口鼓勵他：「不管怎樣，我想愛芙的個性，就是……頑固。她知道他無藥可救，但她很固執，她不想因為這件事不如願而感到失望。」

達赫貝答先生心不在焉地撫摸自己的鬍子。

「固執？對，或許是這樣沒錯。若真如妳所說的，那她最後終究會厭煩。

他不是每天都很好相處，而且他不愛說話。我向他問好時，他只會無力地和我握手，不會回話。他們一旦獨處，我想他就再度困在他那些固定不變的想法當中。她對我說過，他有時會因為幻覺而尖叫出聲，像被人割喉似的。那些雕像。他害怕雕像，因為它們會嗡嗡作響。他說那些雕像在他身邊飛來飛去，對他翻白眼。」

他戴上手套，再度開口。

「妳說得沒錯，她遲早會厭倦。但如果她在那之前就精神錯亂的話呢？我希望她能稍微出門走走，多見一些人。她或許會遇見一個好男孩，譬如像施羅德這樣的人，他是辛普朗公司的工程師，很有前途的年輕人，她會在不同聚會中一再遇見他，然後她就會慢慢體認，她的人生可以重新來過。」

達赫貝答太太緘默不答，深怕原本已經告一段落的對話再度開始。她的丈夫朝她彎腰。

「好了，」他說：「我得走了。」

「再見，孩子的爸。」達赫貝答太太將額頭湊到他面前，「好好擁抱她，幫我告訴她，她是個可憐的小寶貝。」

丈夫出門後，達赫貝答太太深深陷入扶手椅中，閉上雙眼，精疲力竭。「他多有活力啊。」她帶點責難地想著。恢復一點氣力之後，她緩緩伸出蒼白的手，閉著眼睛摸索，從茶碟中拾起一顆土耳其軟糖。

愛芙和丈夫住在巴克街一幢老公寓的六樓。達赫貝答先生身手矯健地攀爬一百一十二級階梯。按門鈴時，他甚至連氣都不喘。他欣慰地回想竇瑪小姐對他說的話：「查爾，以您的年紀來說，您真是令人讚嘆。」星期四是他感覺自己最強壯最健康的時刻，尤其是在他腳步輕快地爬完這些樓梯之後。

愛芙前來為他開門。他心想：「對啊，她沒有女傭。設身處地想想，她們沒辦法待在她家。」他吻頰向她問好：「日安，親愛的小可憐。」

愛芙以相當冷淡的態度回答「日安」。

「妳臉色有點蒼白，」達赫貝答先生觸摸她的臉頰說：「妳平常活動量不夠。」

一陣沉默。

「媽媽還好嗎？」愛芙問道。

「馬馬虎虎。妳週二見到她了吧？她就是老樣子。妳的露意絲阿姨昨天來探望她，她很高興。她喜歡迎接訪客，但她們可不能叨擾太久。妳阿姨露意絲帶著小孩來巴黎，就為了之前產權抵押那件事。我應該跟妳說過了吧，這事挺奇怪的。總之她來辦公室問我意見，我告訴她，不可能什麼都要，她非賣掉不可。而且她已經找到買主了，就是布勒東內爾。妳還記得布勒東內爾嗎？他現在已經收山了。」

他突然停頓下來，因為愛芙幾乎沒在聽。他悲傷地想著，她如今對任何事都漠不關心了。譬如那些書。以前非得強迫她，她才肯把書擱下；現在她連書都不讀了。

「皮耶好嗎？」

「很好，」愛芙說：「你要見他嗎？」

「那當然，」達赫貝答先生以快活的態度說：「我去看他一下。」

達赫貝答先生非常同情皮耶的不幸遭遇，但每次看見皮耶，他都不禁心生反感。「我厭惡不健全的人。」他想。那當然不是皮耶的錯，他只是背負了太多遺傳方面的問題。達赫貝答先生嘆了口氣，心想：「我們儘管小心戒備，這類的事卻總是太晚才發現。」的確，錯不在皮耶身上，但他畢竟一直都有這瑕疵，而缺陷已經形成他性格最根本的一部分。這不像癌症或肺結核，當你想評斷一個人時，由於他依舊是原先的自己，因此總能撇開疾病不談。他追求愛芙時，讓她如此傾心的纖細性格與帶點神經質的優雅，都是瘋狂所衍生的的美好表象。「他娶她時，便已經瘋了，只是當時還看不出來。」達赫貝答先生暗忖：「我們常想，這件事的責任從何開始，又到何處為止？無論如何，他太專注於自我分析，總是只在意自己。問題是，這是引發疾病的根源，還是疾病導致的結果呢？」他跟隨女兒穿越一條陰暗的走廊。

「這公寓對你們來說太大了，」他說：「你們應該搬家才對。」

「爸爸，你每次都這樣講，」愛芙回道：「我已經跟你說過，皮耶不想搬離他的房間。」

愛芙真令人瞠目結舌，簡直讓人懷疑，她是否知道自己丈夫病得多重。他已經徹底瘋了，而她卻聽從他的意見、尊重他的決定，彷彿他還是個有常識的人。

「我這樣說是為妳好，」達赫貝答先生再度開口，帶著一絲惱怒：「我覺得，如果我是女性，我會害怕待在這麼陰暗的老舊空間。我希望妳住在明亮的公寓裡，譬如這幾年在歐特伊區那邊蓋的三房小公寓，很通風，屋主找不到租客所以調降房租，現在是好機會。」

愛芙輕輕轉開門鎖，兩人進入房內。一股沉重的薰香氣息，害達赫貝答先生幾乎窒息。窗簾沒拉開。陰暗的室內，他看見一截瘦弱的後頸，靠在一張扶手椅的椅背上。皮耶背對他們，正在用餐。

「午安，皮耶！」達赫貝答先生大聲說道：「怎麼樣，我們今天還好嗎？」

達赫貝答先生湊了過去，皮耶坐在一張小桌前，看來相當陰沉。

「我們吃了溏心蛋啊，」達赫貝答先生再度提高音量：「這很美味呢！」

「我不是聾子。」皮耶以輕柔的音調回答。

達赫貝答先生有些惱火，他看向愛芙，想知道她聽見了沒，但愛芙瞪他一眼，噤口不語。達赫貝答先生知道她受傷了。「好吧，她活該。」你永遠找不到恰當的口吻來和這個可憐人交談，他比四歲小孩更無理取鬧，而愛芙卻要大家用對待成年男子的方式來對待他。達赫貝答先生心焦如焚，但願這一切荒謬的顧慮早點落幕。病患總讓他有些惱怒，尤其是瘋子，因為瘋子總是錯的。譬如可憐的皮耶，他徹頭徹尾都是錯的，他只要開口，必定是胡說八道，但你沒辦法請他稍微謙遜一點，也無法要他暫且承認自己的錯誤。

愛芙將蛋殼與蛋杯撤走，在皮耶面前擺放一副刀叉。

「那他現在要吃什麼呢？」達赫貝答先生用開朗的態度說。

「牛排。」

皮耶拿起叉子，用修長白皙的手指捏著。他細細端詳叉子，輕笑一聲。

「這次別想得逞，」他喃喃說道，同時放下叉子：「有人通知我了。」

愛芙湊了過去，興致高昂地看著那支叉子。

「阿嘉特，」皮耶說：「再給我一支叉子。」

愛芙聞言照辦，皮耶開始進食。她拿走那支可疑的叉子，將它緊緊握在手中，視線一刻不離，似乎極度用力。「他們的所有舉止、所有聯繫，都太奇怪了！」達赫貝答先生心想。

他渾身不自在。

「妳小心一點，」皮耶說：「要從背部的中間拿起來，不然會被夾住。」

愛芙嘆了口氣，將叉子放上餐具桌。達赫貝答先生感覺自己開始發火。他認為不應該遷就皮耶所有怪念頭，這對皮耶自己也是有害健康的。法蘭修確實這樣對他說過：「我們絕對不能隨著病患的妄想起舞。」與其給他另外一支叉子，她應該溫和地跟他講道理，讓他理解這兩支叉子完全一模一樣，這樣才對。他走向餐具桌，露骨地拿起那支叉子，用一根手指輕拂它的鋸齒。接著他轉身看向皮耶，但皮耶心平氣和地切著他的牛排，並以溫和而呆板的眼神瞄了岳父一眼。

「我想和妳聊一聊。」達赫貝答先生對愛芙說。

愛芙溫順地跟著他走到客廳。達赫貝答坐上沙發時，才發現手中依舊拿著那支叉子。他以幽默的姿態將它拋到小桌上。

「這裡空氣好多了。」他說。

「我從不來這裡。」

「我可以抽菸嗎？」

「當然可以，爸爸，」愛芙急忙說：「你要抽雪茄嗎？」

達赫貝答先生偏好自己捲菸。他想著自己即將展開的對話，但並不因此感到煩悶。和皮耶說話時，他因為自己的理智而為難，就像一名巨人和孩童玩耍時，會因自己的力量而尷尬一樣。達赫貝答先生條理清晰的頭腦、他的清楚明確與簡潔確切，這些優點全都回過頭來和他作對。「我得承認，跟我那可憐的珍奈特說話時，也差不多是這樣。」當然，達赫貝答太太並沒有瘋，但疾病讓她……變得昏昏沉沉。愛芙就不一樣了，她遺傳了父親的特質，生性耿直且邏輯縝密，和她討論事情是一種樂趣。「正是因為如此，所以我不希望他們毀了我的愛芙。」達赫貝答先生抬起雙眼，想再看看他女兒那張聰明而敏銳的臉，一看卻失望無比，因為那張曾經如此懂事、坦白率直的臉龐，如今變得陰沉黯淡。愛芙依舊很美，但達赫貝答先生注意到一件事：她極為細心地化了妝，有點化太濃。她的眼瞼抹著藍色眼影，長長的睫毛塗了睫毛膏。完美而過火的妝，讓她父親看得難受。

「妳頂著這個妝，臉色都發青了，」他說：「我怕妳會生病。妳現在粉怎麼抹這麼厚！以前妳是很低調的。」

愛芙沒答腔。達赫貝答先生為難地端詳她一會，厚重的黑髮覆蓋她鮮豔而疲憊的臉。他心想，她看來就像個悲劇演員。「我甚至可以確切說出她像誰。她就像那個在奧蘭治（Orange）用法語主演《費德爾》（*Phèdre*）的羅馬尼亞女伶。」他很後悔方才說的話讓她不舒服。「話就這樣脫口而出了！我不該為了這種小事惹她不快。」

「剛才不好意思，」他微笑著說：「妳也知道，我是老派的自然主義者。我不太喜歡現代女性在自己臉上塗這些香脂油膏，但這是我的問題。人應該順應時代才對。」

愛芙彬彬有禮地向他微笑。達赫貝答先生點燃香菸，抽了幾口。

「親愛的孩子，」他進入正題：「我只是想跟妳說，我們好好聊聊，就我們兩個，像以前一樣。來，妳坐下來，乖乖聽我說。妳得相信妳老爸。」

「我站著就好。」愛芙說：「你想跟我說什麼？」

「我只問妳一個問題，」達赫貝答先生改用冷淡的口吻說：「這一切究竟會帶給妳什麼？」

「這一切？」愛芙驚訝地重複。

「嗯，是啊，一切，妳給自己建構的人生，這一切。」他再度開口，並突然靈思泉湧：「妳聽好：不要以為我不了解妳。妳想做的事情，已經超出人類力量所能及的範圍。妳只想仰賴想像來生活，沒錯吧？妳不想承認他病了？妳不想認清皮耶現在是什麼樣子，是這樣沒錯吧？妳眼中只有從前的皮耶。我親愛的小可愛，親愛的女兒啊，這是一場不可能的賭注。」達赫貝答先生再度開口：「來，我跟妳講一件妳可能不知道的事：妳三歲時，我們去萊薩布勒多洛訥（Sables-d'Olonne）度假，妳母親認識了一個很有魅力的年輕女性，她有一個很可愛的兒子。妳和這個小男孩在海灘上玩耍，兩個小不點，妳是他的未婚妻。過了一段時間之後，在巴黎，妳母親想去拜訪這名女士，卻得知她遭遇了可怕的悲劇：她那漂亮的孩子被一台汽車的前擋泥板切斷了頭。他們告訴妳母親：『您可以去見她，但千萬別提到她的孩子死了，她不願意相信他死了。』妳母親去見她時，她已有點神經不正常。她繼續對她兒子說話，為他擺設餐桌，彷彿那孩子還活著似的。她就這樣活在神經緊張的壓力之中，六個月後他們不得不強行將她帶到療養院，她在那兒待了三年。」達赫貝答先生搖搖頭說：「不，我的孩子，這種事是辦不到的。她早該鼓起勇氣認清事實，這樣比較好，她會很痛苦，但只需痛苦一次，之後時間便會吸收一切。相信我，唯有面對事實，才是解決之道。」

「你誤會了，」愛芙費力地說：「我很清楚皮耶他……」

她說不出口。她筆直站著，雙手擱在一張扶手椅的椅背上。她的臉孔下半部，有一抹冷漠、一絲醜陋。

「既然這樣……所以妳怎麼決定？」達赫貝答先生訝異地問。

「決定什麼？」

「妳……？」

「我愛他每個樣子。」愛芙猛地回答，一臉厭倦。

「這不是真的，」達赫貝答先生竭盡全力說道：「這不是真的——妳不愛他，妳不能愛他，愛這種情感只有健全而且正常的對象才能激發。妳對皮耶的感情只是同情，這我毫不懷疑，或許也因為妳沒忘記他給妳三年幸福的回憶。但妳別跟我說妳愛他，我是不會相信的。」

愛芙保持緘默，心不在焉盯著地毯瞧。

「妳可以回答我，」達赫貝答先生冷冷地說：「妳別以為這段對話只有妳難受。我也不好過。」

「就算回答，你也不會相信我。」

「好吧，如果妳真的愛他的話，」他怒火中燒，大喊出聲：「那妳就太悲慘了，我和妳可憐的母親也一樣，為什麼呢？我告訴妳一件事，我本來寧可不讓妳知道：不到三年的時間之內，皮耶會陷入徹徹底底的癡呆狀態，他會變得像一頭野獸。」

他以嚴厲的目光看著女兒，怪罪她因為頑固而逼他說出殘酷的真相。

愛芙不為所動，甚至連眼睛都不抬一下。

「這我知道。」

「誰告訴妳的？」他驚愕地問。

「法蘭修。我六個月前就知道了。」

「而我還請他保守祕密。」達赫貝答先生痛苦地說：「算了，或許這樣也好。但在這種情形之下，妳得了解，將皮耶留在妳家，是不可饒恕的行為。妳的抵抗必定會失敗，他的病是不治之症。如果他還有救，如果可以用很多的治療來讓他恢復，那我是不會說什麼的。但妳看看自己：妳本來既漂亮又聰明，個性也很快活，而現在妳正在自我毀滅，只為了一時開心，一點好處都沒有。好了，說定了，妳很令人欽佩，但是，好了，結束了。該做的妳都做了，甚至還超過妳的責任範圍；現在如果再堅持下去的話，就會變得不道德了。孩子，人們對自己也有應盡的責任。而且，妳都不考慮我們。」他一個字一個字再度強調：「妳必須將皮耶送到法蘭修的診所。然後就離開這戶只有痛苦回憶的公寓，回家來吧。若妳想讓自己有點用處、想幫助他人紓解痛苦的話，喏，妳還有母親可以照顧。她多可憐，都是護士在照護，她很需要有人陪伴。而她，」他又說：「她會懂得重視妳對她的付出，她會感激妳。」

長長的沉默。達赫貝答先生聽見皮耶在隔壁房間歌唱。那幾乎不能算是一首歌，比較像某種尖銳急促的宣敘調。達赫貝答先生抬眼看著女兒。

「所以，答案是不？」

「皮耶會留在我身邊，」她溫和地說：「我和他感情很好。」

「條件是整天裝瘋賣傻。」

愛芙輕輕微笑，用奇怪的眼神看了父親一眼，帶點嘲諷，又幾乎有些歡欣。「果然，」達赫貝答先生憤怒地想：「他們不只一起裝傻，也一起上床。」

「妳完完全全瘋了。」起身時，他這樣說。
愛芙悲傷微笑，輕聲地說，彷彿喃喃自語：
「還不夠瘋。」
「還不夠瘋？我只能告訴妳一件事：孩子，妳讓我感到害怕。」
他倉促地吻她的臉頰道別，離開了。下樓梯時，他心想：「非得派兩名壯丁過來，讓他們把這苦命的廢物帶走，把他強行押到蓮蓬頭下，不用過問他的意見。」

屋外是晴朗的秋日，很寧靜，毫無神祕之處。來往行人的臉龐，在陽光下輝耀金光。這些臉孔所顯露的單純，使達赫貝答先生震驚不已。那當中有飽經風霜的臉，也有光滑的臉，但它們全都映射著幸福，否則便是流露達赫貝答先生熟悉的尋常煩憂。

「我知道我為什麼責怪愛芙，」踏上聖日耳曼大道時，他心想：「我怪她活在人間之外。皮耶已不再是人類了，她給予的所有愛與照料，這些人都無法分享。我們沒有權力背離人道，當惡魔現身之時，我們應相互扶持。」

他盯著路人，對他們抱持好感，喜愛那認真而明朗的目光。在這陽光普照的街頭，置身於人類之間，有一種安全感，彷彿身在一個大家庭裡。

一名披頭散髮的女子，在露天攤販前停下腳步。她牽著一個小女孩。

「這是什麼？」小女孩指著一台無線電報收發器問。

「什麼都別碰。」她母親說：「這是一台機器，可以演奏音樂。」

她們安靜了一陣子，心醉神迷。達赫貝答先生覺得感動，他朝那小女孩微微彎腰，對她微笑。

II

「他走了。」大門發出清脆的聲響關上，客廳只剩愛芙一人。「我真希望他死掉。」

她的雙手緊緊抓住扶手椅的椅背，腦中再度浮現她父親的雙眼。達赫貝答先生彎下腰對皮耶說話時，一副老練的樣子，他說：「這很美味呢！」的時候，就像那種懂得如何和病人交談的人。他看著皮耶，而皮耶的臉在他靈活的大眼深處顯現。「當他看著他，當我想到他**看透**他時，我好恨他。」

愛芙的手沿著椅背輕拂，她轉向窗戶，覺得目盲。室內盈滿陽光，到處都是光，在灰白色的圓地毯上閃爍，在空氣中輝耀，像炫目的塵灰。愛芙如今已變得不習慣這樣冒失而勤快的光線，四下漫溢，像女傭一樣擦亮每個角落，拂拭家具、讓它們閃閃發光。但她仍然走到窗前，掀起垂掛的薄紗窗簾。此刻達赫貝答先生恰好走出公寓，愛芙突然看見他寬闊的肩膀。他眨著雙眼仰望天空，接著大步離去，步伐像個年輕人。「他在勉強自己。」愛芙心想：「等一下他的腰際就會疼痛起來。」她一點都不恨他了，他腦子裡的東西少得可憐，頂多只有「如何顯得年輕」這類無關緊要的顧慮。然而，當她看見他在聖日耳曼大道的街角轉彎，消失於她視野中時，憤怒再度緊攫住她。「他想著皮耶。」他們生活的一部分就這樣逸出緊閉的房間，在街上晃盪，暴露於陽光之下，在人群之中。「人們永遠不能忘掉我們嗎？」

巴克街幾乎空無一人。一名老太太踩著小碎步穿越馬路；三名年輕女子笑著經過。接著是一群壯碩而嚴肅的男人，他們提著公事包，相互交談。「這些正常人。」愛芙這樣想，震驚於自己內心如此強烈的恨意。一名豐滿圓潤的美麗女子飛奔至一位優雅的男士面前，他將她擁入懷中，吻她雙唇。愛芙苦笑，放下窗簾。

皮耶的歌聲停了，但四樓的年輕女子開始彈起鋼琴。她談的是蕭邦的一首〈練習曲〉。愛芙覺得冷靜多了，她朝著皮耶房間踏出一步，卻又隨即站住，倚靠牆壁，有點焦慮。每次走出房間之後，只要一想到她必須回去，她便陷入驚惶。但她心知肚明，自己無法在別的地方生活。她愛那房間。她以一種冷淡的好奇環顧客廳，彷彿為了爭取一點時間，等勇氣回到身上。客廳沒有陰影，也沒有氣味。「簡直像是牙醫的候診間。」粉紅絲綢扶手椅、貴妃椅，還有椅凳，全都低調而大方，帶點慈祥的氣息。它們是人類的好朋友。愛芙想像一群莊嚴、身著淺色衣服的紳士（像她方才在窗外瞥見的那些人）進入客廳，邊走邊繼續聊著先前已經開始的對話。他們甚至不留心周遭環境，只是踩著堅定的腳步直行至客廳中央，其中有個人的手一路輕拂坐墊、擺設品、桌面，在身後劃出一道軌跡，而他對這類接觸甚至不感訝異。若有家具擋住他們的路，這些沉著穩重的男士並不會繞道迴避，而是輕輕鬆鬆變換它的位置。他們終於坐了下來，自始至終都專注於對話之中，甚至不瞥後方一眼。「這客廳是為正常人準備的。」愛芙心想。她將大門鎖好，焦慮地掐緊她的喉嚨：「我得回房間。我從沒讓他獨處這麼久。」她必須打開那扇門，站在門口，努力讓雙眼習慣黑暗，而房間會使盡所有氣力來阻撓她。她必須戰勝房間對她的抗拒，走到房間中央。她突然極度渴望見到皮耶。想和皮耶一起嘲笑達赫貝答先生。然而，皮耶並不需要她。她無法預測皮耶會用怎樣的態度來迎接她。她突然想：無論哪裡，都沒有她的一席之地。這想法，多少有點傲慢。「正常人依舊以為我還是他們的一份子，但我沒辦法和他們相處，連一小時都沒辦法。我需要活在那裡，活在牆的另一邊，但在那兒，沒有人要我。」

身邊環境徹底轉變，陽光已然衰老，變成像是灰髮的斑白。光線混濁凝重，像花瓶兩天沒換的水。在這蒼老的陽光中，眼前物件讓愛芙再度想起忘卻許久的憂鬱——晚秋午後時分的憂鬱。她環顧四周，躊躇不前，幾乎帶點羞怯。一切如此遙遠，而房間裡既無白日也無黑夜，沒有季節，也沒有憂鬱。她恍惚想起一些非常久遠的秋日，她童年時光的秋日，但接下來，她突然全身緊繃——她害怕回憶。

她聽見皮耶的聲音。

「阿嘉特！妳在哪裡？」

「我馬上過來。」她嚷著。

她打開門，進入房間。

她睜大眼睛、伸手向前摸索時，薰香的濃郁氣息盈滿她的口腔與鼻腔。對她而言，這香氣與幽暗，自很久以前便合而為一，成為單一元素，既嗆鼻又輕柔，如同水、火、空氣一樣單純而熟悉。她小心翼翼走向一道彷彿漂浮在薄霧之中的淺白光斑。那是皮耶的臉。皮耶的衣服消失在幽暗之中，自從生病之後，他便只穿黑色衣物。他將頭往後仰，雙眼緊閉。他很好看。愛芙看著他彎曲的長睫毛，在他身邊的矮腳椅坐下。「他看起來很不舒服。」她這樣想著。她的雙眼漸漸適應陰暗。書桌首先浮現，接著是床，以及皮耶的個人物品。剪刀、膠罐、書籍、植物圖鑑，在扶手椅旁的地毯上散落一地。

「阿嘉特？」

皮耶睜開雙眼，看著她微笑。

「妳知道嗎？那支叉子，」他說：「我是故意要嚇他的。那支叉子**幾乎**一點問題都沒有。」

愛芙的恐懼煙消雲散，她輕鬆一笑。

「你做得很成功，」她說：「你完全把他嚇壞了。」

皮耶微笑。

「妳看到了嗎？他擺弄那支叉子好一陣子，用整隻手緊緊握住它。問題的重點，」他說：「是這些人不知如何看待事情；他們只會把事物一把抓緊。」

「的確如此。」愛芙說。

皮耶用右手食指輕輕拍打左手手掌。

「他們就是這樣，先將手指伸過去，等抓住那個東西之後，就用手掌捂住，將它擊斃。」

他說得很快，聲音很輕，又一臉困惑。

「我在想，不知道他們打算怎樣，」他說：「這傢伙已經來過這裡。他們為什麼要派他過來？如果他們想知道我在做什麼，只需要看螢幕就好，根本不需要離開他們的地方。他們有力量，但他們會犯錯。我從不犯錯，這就是我的王牌。赫夫卡，」他說：「赫夫卡，」他在額前揮舞修長的雙手：「壞東西！赫夫卡．帕夫卡．胥夫卡。還要我繼續嗎？」

「是大鐘嗎？」愛芙問道。

「對。它走了。」他嚴肅地繼續說：「那傢伙是他們的部下。妳認識他，你們一起去了客廳。」

愛芙沒答腔。

「他想怎樣？」皮耶問道：「他一定告訴妳了。」

她猶豫一會，接著用粗暴的口吻回答：「他希望你被關起來。」

如果用溫柔的口吻告訴皮耶事實，他便會起疑。必須用暴力給他一記猛擊，才能消弭他的懷疑。愛芙寧願粗魯對待他，也不願對他說謊。當她說謊而他似乎相信時，她總無法制止內心隱約感覺高他一等，並因此厭惡自己。

「把我關起來！」皮耶一臉嘲諷地重複道：「他們大錯特錯。牆又能拿我如何？他們大概以為這樣就能阻止我。有時我會想，他們會不會有兩組人馬。真的那組，是黑鬼那組。另一組則是一群頭腦不清楚的傢伙，想插手攪局，卻只會幹出連番蠢事。」

他輕拍扶手，並用歡愉的神色端詳跳躍的手。

「牆是可以穿越的。那妳怎麼回答他？」他轉向愛芙，一臉好奇。

「我說你不會被關起來。」

他聳肩。

「妳不該這樣說。妳也犯了錯，雖然妳不是故意的。妳應該等他們揭穿把戲。」

他不再說話。愛芙悲傷地低頭想：「當他說『他們只會一把抓緊』時，他的口吻是多麼輕蔑啊，而他的話是那麼有道理。我呢，我也將事物一把抓緊嗎？我雖然謹言慎行，但我大部分的舉動好像都會惹惱他，他只是沒說出口。」她突然覺得自己很可悲，就像她十四歲那年，達赫貝答太太以活潑輕快的口吻對她說：「妳看起來一副不知道該拿自己的手怎麼辦的樣子。」她不敢輕舉妄動，但就在這時，她極度渴望能夠換個姿勢。她輕輕將雙腳挪回椅子下，甚至幾乎沒碰到地毯。她看著桌燈與棋盤。桌燈的台座被皮耶漆成黑色，而棋盤上面只留下黑色棋子。偶爾他會起身，走到桌前，將棋子一枚一枚握進手裡。他會對棋子說話，稱它們為「機器人」，接著它們似乎就在他指間動了起來，擁有一種隱晦瘖啞的生命。等他將棋子放回原位之後，愛芙也會去摸摸它們（這時她會覺得自己有點滑稽），它們又變回死寂的小木塊，但上頭殘留一種模糊而難以捉摸的什麼，一種感覺。「這些都是他的東西，」她心想：「房裡已經沒有一樣東西屬於我了。」從前，她曾經擁有幾件家具。她祖母傳承下來的細木鑲嵌梳妝台和鏡子，皮耶開玩笑地稱之為：妳的梳妝台。它們也被皮耶收編了。事物只向皮耶顯露它們真正的面貌。愛芙能夠盯著這些東西看上好幾個小時，它們卻以一種壞心眼的固執堅持不懈，不斷讓她失望，只讓她看見它們的表面。它們在法蘭修醫生和達赫貝答先生面前亦是如此。「但是，」她焦慮地想著：「我看它們的方式已經不同於我父親。我們眼中的事物不可能完全相同。」

她稍微搖動一下膝蓋，雙腿麻掉了。她的身體很僵硬、很緊繃，很不舒服。她覺得自己的身體太有生命力、太不知趣。「我多希望自己能待在這裡，隱形不見；能夠看著他，而他看不見我。他不需要我；我在這房間是多餘的。」她微微轉頭，看著皮耶上方的牆。那牆上寫著恐嚇的字句，她雖然知道它的存在，卻看不見它。她經常注視壁氈上偌大的紅色玫瑰，直到它們在眼前舞動。這些玫瑰在黑暗中熊熊燃燒。多數時刻，威脅皮耶的字句寫在床上方左側靠近天花板的地方，但有時也會移動。「我非得起身不可，我沒辦法——沒辦法再這樣一直坐著。」牆上還有一些白色的盤狀物，像切片的洋蔥。這些圓盤自轉起來，愛芙的手開始顫抖：「有些時候，連我也快要瘋了。不，」她痛苦地想著：「我不能瘋掉。我只是心煩意亂，只是這樣而已。」

突然，她感覺皮耶將手放在她的手上。

「阿嘉特。」皮耶溫柔地說。

他雖然面帶微笑，卻是用指尖拎起她的手，動作帶著一絲反感，彷彿從背後抓起一隻螃蟹，得避開牠的鉗子。

「阿嘉特，」他說：「我是這麼想要相信妳。」愛芙閉上雙眼，胸口起伏翻騰：「什麼都別回答，否則他會懷疑我，以後就什麼都不會說了。」

皮耶放下她的手。

「阿嘉特，我滿喜歡妳的。」他說：「但我無法理解妳。妳為何總待在房間裡？」

愛芙不答腔。

「告訴我為什麼。」

「你明知我愛你。」她冷淡地說。

「我不相信。」皮耶說：「妳怎麼可能愛我？妳應該厭惡我才對，我被附身了。」

他微笑，但又驟然變得嚴肅。

「妳我之間，有一堵牆。我看得見妳，我對妳說話，但妳在另一邊。究竟是什麼阻撓我們相愛？從前似乎簡單多了。在漢堡市的時候。」

「對。」愛芙悲傷地說。又是漢堡市。

他從不提及他們真正的過往。他們兩個都沒去過漢堡市。

「我們沿著運河散步，那兒有一艘平底駁船，妳記得嗎？黑色的船，甲板上有一條狗。」

他一面說，一面編造故事。他一臉正在說謊的模樣。

「我牽著妳的手，妳的皮膚和現在不一樣。那時妳說什麼，我都相信。你們別吵了！」他大叫。

他傾聽片刻。

「它們要來了。」他以陰鬱的聲音說。

愛芙一驚：「它們要來了？我以為它們永遠不會再回來這裡。」

最近這三天，皮耶冷靜多了。那些雕像沒來找他。皮耶極度恐懼雕像，雖然他從不承認。愛芙不怕雕像，但它們在房裡嗡嗡飛翔時，她害怕這時的皮耶。

「把錫攸忒❺拿給我。」皮耶說。

愛芙起身，拿起錫攸忒。那是皮耶自己用小塊紙板黏成的拼裝物，用來進行雕像的驅魔儀式。錫攸忒的形狀像隻蜘蛛。皮耶在其中一塊紙板上寫了「對抗陷阱之力」；另一塊則寫著「黑」。還有一塊則畫上一張瞇著雙眼的笑臉——伏爾泰的臉。皮耶抓起錫攸忒一角，一臉淒切地端詳它。

「我不能再使用它了。」他說。

❺ 譯註：「Ziuthre」，沙特自創的字。前文的「赫夫卡．帕夫卡．胥夫卡」（Hoffka paffka suffka）也是。

「為什麼？」

「他們把它顛倒了。」

「你要再做一個嗎？」

他久久凝視著她。

「妳希望我這樣做。」他輕聲囁語。

愛芙被皮耶惹惱了。「每次雕像要過來時，他都能事先感應。他是怎麼辦到的？他從不會弄錯。」

錫攸忒可悲地吊掛在皮耶指尖。「他總能找到藉口不去用它。上週日雕像出現時，他說他把錫攸忒弄丟了，但我明明看見它就在膠罐後面，他不可能沒看見。我懷疑是他將雕像吸引過來的。」你永遠不知道皮耶說的是否全是實話。有時愛芙覺得，皮耶儘管不情願，卻依舊被這些急速增長的有害思緒與幻視給占據了。但在其他時刻，皮耶看來是在捏造故事。「他很痛苦。但他究竟有多相信他的雕像和黑鬼？無論如何，我知道他看不見那些雕像，只是能聽見它們的聲音。雕像經過時，他會轉過頭去。但他還是說自己能看見它們。他會描述它們。」她想起法蘭修醫生那張紅潤的臉龐說：「但是，我親愛的女士，所有精神錯亂者，都是說謊者。您若想分辨哪些才是他們真正的感受、哪些只是裝出來的，那不過是浪費時間。」她突然一驚：「我怎麼會想到法蘭修醫生？我才不會用他的方式去思考事情。」

皮耶站了起來，將錫攸忒丟進廢紙簍。「我想用你的方式去思考事情。」她喃喃自語。他踮著腳尖，小步小步地走，雙肘緊貼髖部，將自己儘可能縮得小小的。他再度坐下，板著臉孔注視愛芙。

「壁氈必須換成黑色的。」他說：「這房間還不夠黑。」

他陷在扶手椅中。愛芙悲傷地凝視這具柔弱的身軀，隨時準備逃躲、隨時可能蜷縮，他的雙臂、雙腿，還有他的頭，都像是能夠收縮的器官。鐘擺敲出六點的聲響，鋼琴聲停了。愛芙嘆了口氣。雕像不會這麼快來，得耐心等候。

「你希望我開燈嗎？」

她不想在黑暗之中等待。

「隨便妳。」皮耶說。

她打開書桌上的小燈，一片紅色的濃霧，瀰漫了整個房間。皮耶也正等候著。

他沒說話，但雙唇蠕動，在紅色霧氣中形成兩片陰暗的色塊。她喜愛皮耶的嘴唇，從前它是那麼動人心弦，滿溢情慾；如今它已失去原先的官能特徵。兩片唇瓣在輕微震顫中彼此遠離又再度聚首，接著再度分開，接連不斷。在那封閉如牆的臉孔上，唯有這兩片唇瓣活著，像兩頭驚懼不已的獸。皮耶有辦法就這樣咕噥好幾個小時卻不吭一聲，而愛芙往往放任自己沉迷於這執拗的小動作之中。「我愛他的嘴唇。」他已不再吻她了。他害怕身體接觸。夜裡，許多男人的手，又硬又乾的手，亂摸他、四處捏他的身體；還有女人的手，留著長長的指甲，用噁心的方法撫摸他。他就寢時通常衣著整齊，但那些手會伸到衣服下面，拉扯他的襯衫。有次他聽見一陣笑聲，接著一雙浮腫的唇瓣貼上他的雙唇。那一夜之後，他便不再親吻愛芙了。

「阿嘉特，」皮耶說：「別看我的嘴！」

愛芙低垂雙眼。

「我不是不知道，唇語是可以學的。」他蠻橫地繼續說。

他的手擱在扶手上顫抖，他伸出緊繃的食指，連續敲了拇指三次，其他的手指則皺緊收縮。那是一種驅邪的咒術。「要開始了。」她心想。她真想將皮耶擁入懷中。

「妳還記得聖保利區❻嗎？」皮耶開始大聲說話，語氣彷彿身在上流社會的社交場合。

❻ 譯註：Sankt Pauli，德國漢堡市的一個分區。

不要回答。這或許是個陷阱。

「我是在那裡認識妳的，」他以心滿意足的神情說：「我從一名丹麥水手那邊把妳搶了過來。本來我們差點大打出手，但我付了一輪酒錢，他就讓我把妳帶走了。一切不過是場鬧劇。」

「他在說謊，他一點都不相信自己說的話。他知道我的名字不叫阿嘉特。我痛恨說謊時的他。」但她見他目光呆滯，怒氣便消褪了。「他不是說謊，」她心想：「他是已經到了極限。他感覺雕像正在接近，他說話是為了阻止自己聽見聲音。」皮耶的雙手緊緊掐著扶手，臉色慘白，微笑著。

「邂逅往往稀奇古怪，」他說：「但我並不相信偶然。我不會問妳，是誰派妳來的。我知道妳是不會說的。不管怎樣，妳玷汙我的手法很嫻熟。」

他說得很吃力，聲音尖銳而急促。有些字他無法清楚咬字，於是當它們從他嘴裡冒出來時，就像軟爛而分辨不出形狀的某種物質。

「妳把我帶去參加一場宴會，我們被黑色汽車組成的旋轉木馬環繞，但汽車後面是一批雙眼充血的軍隊，我一轉身背對他們，他們的眼睛就閃出光來，一定是妳挽著我的手臂對他們作出暗號，但我什麼都沒看見。我所有注意力都被加冕典禮吸走了。」

他直視前方，雙眼圓睜。他抹抹額頭，動作很快、很細微，同時仍舊說個不停——他不願停下來。

「那是共和國的加冕大典，」他的聲音尖銳刺耳：「跟同類型的典禮比起來，這一場讓人印象深刻，因為殖民地運來各式各樣的動物來參加典禮。妳會怕自己迷失在猴子群裡。我是說，猴子群裡。」他擺出高傲的態度這樣說，同時環顧四周，「我也可以說，在黑鬼群裡！發育不良者溜到桌子下面，以為沒人察覺，卻被我的『目光』發現，當場動彈不得。祕訣是不要出聲！」他大吼：「不要出聲。全部就定位，立正，準備雕像進場，這是命令。搭啦啦！」

他高聲大叫，雙手在嘴前圍成喇叭狀，「搭啦啦！搭啦啦！」

他閉口不語，愛芙知道雕像進房了。他全身僵硬，面色慘白，一臉輕蔑。愛芙也全身緊繃，兩人在靜默之中等候。走廊傳來某人的腳步聲，是清潔婦瑪麗，大概才剛抵達。愛芙心想：「我得給她瓦斯費。」接著雕像開始飛翔，穿梭於愛芙和皮耶之間。

皮耶悶哼一聲，在扶手椅中縮成一團，將雙腿藏在身子下面。他扭過頭去，不時冷笑，但額頭冒出一顆又一顆的汗珠。愛芙無法忍受目睹他蒼白的面頰、顫慄扭曲的嘴唇，她閉上雙眼。在她眼瞼的紅色背景上，金色絲線開始舞動，她覺得自己很老、很遲緩。不遠處的皮耶大聲喘氣。她心想：「雕像飛翔著，發出嗡嗡聲，它們逼近他……」她的右肩與右半身一陣微癢，有點難受。她的身體下意識朝左邊傾斜，彷彿試圖迴避一種不舒服的接觸，彷彿挪出位子讓某個笨重而愚拙的事物通過。突然地板發出劈啪聲，她有股瘋狂的衝動，想要睜開眼睛看看右邊，同時揮舞右手驅趕空氣。

但她什麼都沒做。她繼續緊閉雙眼，因一股尖銳的喜悅而顫慄：「我也害怕。」她心想。她的人生全部隱匿在她的右半側。她將身子靠向皮耶，雙眼依舊緊閉。只需要再努力一點，她就能首度進入他的悲劇世界。「我害怕雕像。」她心想。這宣言是一句咒語，激烈狂暴、輕率盲目。她用盡全力，想相信這些雕像真的存在。使她右半身感覺麻木的這股焦慮，她試著給它一種新的意義，試著將之定義為觸覺——她的手臂、側腹和肩膀，都能感受雕像經過身邊。

雕像飛得很低、很輕柔，發出嗡嗡聲。愛芙知道它們看起來很狡黠，知道它們眼睛周圍的石塊會長出睫毛，但她還是很難想像它們的模樣。她也知道它們還不是完全的血肉之軀，但巨大的身子已長出大片肌肉與溫熱的鱗片；它們指尖的石屑正在脫落，而手掌令它們發癢。愛芙無法看見這些，她只能想像一些偌大的女人壓在她身上滑動，既莊嚴又怪誕，她們貌似人類、固執得像頑石。「雕像正壓向皮耶。」愛芙的努力是如此激烈，雙手因此顫抖起來。「雕像正壓向我……」一聲駭人慘叫，突然讓她呆住。「雕像碰到他了。」她睜開雙眼，只見皮耶將頭埋在手裡，氣喘吁吁。愛芙覺得精疲力竭。「一場遊戲，」她心懷愧疚，「我這只是一場遊戲，我連一秒都未曾真心相信。而就在同時，他蒙受的是真實的苦難。」

皮耶放鬆身子，大口呼吸，但他的瞳孔依舊以怪異的方式擴張。他在流汗。

「妳看見它們了嗎？」他問她。

「我無法看見它們。」

「這樣對妳比較好，不然妳會很害怕。我呢，」他說：「我已經習慣了。」

愛芙的雙手仍舊抖個不停，她很激動。皮耶從口袋拿出一支菸，湊到嘴邊，但並不點燃它。

「我不在意看見它們，」他說：「但我不要它們碰我。我怕它們害我長膿包。」

他思索片刻，問：「妳有聽見它們的聲音嗎？」

「有，」愛芙說：「就像飛機的引擎聲。」（這是皮耶上週日對她描述的用詞。）

皮耶微笑，笑容帶點驕傲的優越感。

「妳太誇張了。」他這樣說，卻依舊臉色慘白。他看著愛芙的雙手說：「妳的手在發抖。可憐的阿嘉特，妳嚇到了。但妳不用擔心，明天之前它們都不會回來了。」

愛芙無法回話，她牙齒打顫，怕皮耶發現。皮耶久久端詳著她。

「妳美得驚人。」他搖頭說道：「可惜、真的太可惜了。」

他急急伸出手，輕撫愛芙的耳朵。

「我美麗的惡魔！妳讓我不安。妳太美了，這樣會讓我分心，如果不是摘要說明……」

他突然停頓，驚訝地看著愛芙。

「我不是要說這個詞……它就這樣……就這樣冒出來了，」他以茫然的笑顏說道：「我嘴裡本來有另一個詞……但這個……自己代替了它。我忘記本來想跟妳說什麼了。」

他思索一陣，搖搖頭。

「好了，」他說：「我要睡了。」接著他以孩子氣的聲音說：「阿嘉特，妳知道我很累。我找不到我的念頭。」

他丟掉香菸，憂慮地盯著地毯。愛芙為他擺好枕頭。

「妳也可以睡一覺，」他闔上雙眼說：「它們不會回來。」

「摘要說明。」皮耶深深沉睡，臉上掛著淺淺的、天真單純的微笑。他歪著頭，彷彿要用臉頰輕撫肩膀。愛芙毫無睡意，她心想著：「摘要說明。」皮耶突然顯露愚蠢的樣子，而那個長長的、泛白的詞語，就從他嘴裡流淌出來。皮耶驚訝地直視前方，彷彿眼前就是那個詞，而他卻認不出它；他張開嘴巴、雙唇頹軟，心中似乎有什麼東西壞了。「他口齒不清。這是他第一次這樣，而且他自己也察覺了。他說，他找不到他的念頭。」皮耶發出一聲充滿肉慾的呻吟，輕輕擺了個手勢。愛芙嚴厲地看著他：「他醒來時會變成怎樣？」這問題折磨著她。皮耶一旦入睡，她就不得不去思考這個問題，她無法制止自己去想。她怕他醒來時雙眼混濁、口齒不清。「我真蠢，」她想：「法蘭修醫生說過，他不會在一年之內惡化到這個地步。」但焦慮依舊盤據心頭。一年。一個冬季、一個春季、一個夏季、以及下次初秋。有一天，他的臉會變得迷糊呆滯，合不攏下頷，睜不開淚汪汪的雙眼。愛芙彎下腰，輕吻皮耶的手，她想：

「在那之前，我會先殺了你。」

黑若斯達特斯

Érostrate

人必須從高處觀賞。我關掉燈光，站在窗邊，他們甚至絲毫未曾察覺有人可以從上方觀察他們。他們細心修飾正面，有時也會注意背面，但他們身上所有行頭，都是針對一百七十公分高的觀眾準備的。誰會想到一頂圓頂禮帽從七樓看下去會變成什麼形狀呢？他們不知道應該用繽紛色彩與鮮豔布料來保護自己的肩膀與頭顱，不知如何對抗人類的頭號勁敵之一——俯角。我傾身觀看，不禁大笑：人類如此引以為傲的「直立行走」這姿勢到哪兒去了？他們在人行道上被壓得扁扁的，兩條長腿呈現半匍匐的狀態，從肩膀下面伸出來。

七樓陽台。我應該在這兒度過一輩子。精神方面的優越高度，必須用具體的象徵來支持，否則便會從高處跌落。問題是，確切說來，我究竟何處高於人類呢？我擁有位置上的優勢，就這樣而已。我將自己置於內心的人類上方，注視他。正因如此，我熱愛聖母院的尖塔、艾菲爾鐵塔的觀景台、聖心堂，還有我在德隆波街的七樓公寓。這些都是了不起的象徵。

有時我得下樓，走到街上。譬如去上班。街讓我窒息。和人類處在同一層的高度時，就很難把他們當作螞蟻，因為他們有能力碰觸。有一次，我看見一個男人死在街上。他俯趴著倒下，有人把他轉了過來，他在流血。我看見他圓睜的雙眼、奇怪的表情，還有那一堆血。我告訴自己：「這沒什麼，並不比剛漆的油漆更驚心動魄。他的鼻子被刷成紅色，就這樣而已。」但我卻感覺一股齷齪的甜軟輕柔攫住我的雙腿、揪住我的脖子，我昏倒了。他們把我帶到一間藥局，用力拍我肩膀還逼我喝酒。我真該殺了他們。

我知道他們是我的敵人，但他們並不知道。他們相親相愛，互相幫助；至於我呢，他們有時會幫我一些忙，因為以為我是他們的同類。若他們猜到一點點真相，一定會把我揍扁。後來他們真的這樣做了，當他們逮到我，並得知我是什麼人之後，就把我痛打一頓，在警察局揍了兩小時，又是耳光、又是拳頭，扭絞我的手臂、扯掉我的長褲，最後把我的夾鼻眼鏡丟在地上，然後趁我趴在地上找眼鏡時，笑著踹我屁股。我一直都知道，他們遲早會打贏我，因為我並不強壯，無法自衛。有些高大的傢伙，已經窺伺了我很久。他們會在街上推擠我，就為了嘲笑我，想看我會怎麼反應。我什麼都沒說。我假裝不懂。但他們還是成功了。我怕他們——那是一種預感。但您也知道，我有更重大的理由去恨他們。

就這一點來看，自從我買了一把手槍之後，一切就好多了。當你身上隨時攜帶這類能夠爆炸、能發出巨響的東西時，你會覺得自己很強。我會在週日帶它出門，就只是把它放在長褲口袋裡，然後出門散步，地點通常是繁華的大道。我感覺它像螃蟹拉扯我的褲子，感覺它緊貼我的大腿，很冰涼，接著因為接觸我的身體，而漸漸熱了起來。我走路的姿勢多少有點僵硬，看起來像個正在勃起的傢伙，因為那話兒而寸步難行。我將手插進口袋，撫摸那玩意。有時我會走進公用小便亭，掏出我的手槍，掂掂它的重量，盯著飾有黑色格紋的槍托，以及像是眼瞼半睜半閉的黑色板機。我連在公廁裡都很小心，因為旁邊常常有人。別人從外面看到我張開雙腿、露出褲腳，只會以為我在小便。但我從不在這種地方小便。

一天晚上，我有了對人開槍的念頭。那天是週六，晚上我出去找蕾雅，她是個金髮女子，總在蒙帕納斯路上一間旅館前面招客。我從不和賣淫女子性交，那會讓我覺得被占便宜。是你上她沒錯，但她用那張毛茸茸的大嘴，吞噬你的下腹，我想說的是，她們才是這場交易的贏家，而且贏得徹底。我不管對誰都毫無所求，也什麼都不想給予。不然我大概就是需要一個性冷感卻又恭順的女人，帶著厭惡之情來忍受我。每個月的第一個星期六，我都會和蕾雅一起上杜克斯涅旅館開房間。她脫掉衣服，我看著她，但不碰她。偶爾它會自動發洩在褲檔裡面，不然的話，我也有時間回家自己完事。那天晚上，蕾雅不在她的固定位置。我等了一陣子，不見她過來，猜她應該得了流感。那時是一月初，天氣很冷。我很扼腕，我是個想像力豐富的人，這一晚原該享受的愉悅，本已歷歷在目、精采可期。奧德薩街上有個我經常注意到的棕髮女子，雖然年紀有點大，但身材還沒走樣，體型很豐滿。我不討厭熟女，她們脫光衣服之後，看起來更加赤裸。但奧德薩街這個女的並不知曉我的習慣，我有點害怕就這樣輕率地對她暴露我的癖好。而且我不信任陌生人，這些女的很有可能在門後面藏了一個流氓，完事後就突然過來搶你的錢，他不揍你就不錯了。儘管如此，那天晚上我不知哪來的膽量，決定回家拿槍，來場豔遇。

一刻鐘後，當我和那女的攀談時，手槍在我口袋裡，我什麼都不怕了。近看之下，她的樣子滿悲慘的。她很像住在我對面的鄰居，一名士官的太太。這一點讓我很滿意，因為我想看這位鄰居裸體已經想很久了。士官出門後，她會開著窗戶著裝打扮，這時我常常待在我家窗簾後面，想出其不意，但她總在房間角落盥洗。

史黛拉旅館只剩一間空房間，位在五樓。我們爬上樓梯，她體型笨重，每踏一階都得停下來喘氣。我爬得很輕鬆。我身材瘦削，雖然有個肚子，但五樓還不足以讓我喘不過氣。她在五樓的樓梯間站定，用右手按住心臟的部位，喘得非常劇烈。她左手拿著房間鑰匙。

「好高。」她邊說邊試圖對我微笑。

我沒回答她，只是拿走鑰匙，開門。我用左手握著手槍，拿它在褲管口袋裡瞄準正前方，直到轉開電燈開關才鬆開左手。房內空無一人。洗手臺上擱著一小塊方形的綠色肥皂，供買春客使用。我不禁微笑，因為水盆或肥皂對我毫無用處。那個女的站在我後面，她還在喘氣，我因此感到興奮。我轉過身去，她把嘴巴湊過來。我推開她。

「把衣服脫掉。」我對她說。

房裡有一張絨布扶手椅，我舒舒服服坐進去。在這種狀況之下，我總後悔自己不抽菸。那女的脫掉她的長衫，然後停下動作，用懷疑的眼神看我一眼。

「妳叫什麼名字？」我仰靠在椅背上，問道。

「荷內。」

「好吧，荷內，妳快點脫，我等著。」

「你不脫衣服嗎？」

「快點，快點，」我對她說：「妳別管我。」

她讓身上的長褲滑落腳邊，然後把它撿起來，仔細把胸罩和長褲一起放在長衫上面。

「親愛的，所以你是個小壞蛋，小懶惰鬼？」她問我：「你要你的小女人包辦一切？」

她邊說邊朝我跨出一步，雙手撐在我的椅子扶手上，笨重地試著跪在我的雙腿之間，但我粗魯地把她拉起來。

「不要這樣，不要。」我說。

她驚訝地看著我。

「那你要我做什麼？」

「什麼都不做。妳就走一走，到處走走，我沒有別的要求。」

她開始東走西走，看起來很不自然。沒有別的事比裸身步行更讓女人難堪。她們不習慣脫掉高跟鞋直接踩踏地面。她駝著背，垂著雙臂。我則欣喜若狂，因為我安安穩穩坐在扶手椅上，衣著整齊，連手套都沒脫，而這位年長的女士在我的命令之下脫得精光，繞著我轉來轉去。

她轉頭看著我，面露一抹賣弄風情的微笑，試圖挽回面子。

「你覺得我美嗎？你一飽眼福了嗎？」

「妳別管這些。」

「那你說啊，」她突然發怒：「你打算讓我這樣走很久嗎？」

「坐下來。」

她坐在床上，我們默默看著對方。她起了雞皮疙瘩。牆另一邊傳來鬧鐘的滴答聲。突然，我對她說：「把妳的雙腿張開。」

她猶豫片刻，然後照做。我凝視她腿間私處，嗅了嗅。我放聲大笑，笑到眼淚都快流出來。我只對她說：「妳了解嗎？」然後再度放聲大笑。

她愕然看著我，然後猛然臉紅，併攏雙腿。

「下三濫。」她小聲地說。

但我笑得更開心了。她一躍起身，拿起擱在椅子上的胸罩。

「喂喂，」我說：「還沒結束呢。等一下我會給妳五十法郎，但這錢我要花得值得。」

她激動地拿起她的長褲。

「我受夠了，你懂嗎。我不知道你要什麼。如果你讓我爬這麼多樓梯，只是為了恥笑我……」

這時我掏出手槍，展示給她看。她一臉嚴肅看著我，讓長褲落在地上，什麼都沒說。

「到處走，」我對她說：「散散步。」

她又繼續走了五分鐘，之後我把我的手杖遞給她，讓她繼續走。當我感覺內褲濕掉之後，我站起身，給她一張五十法郎的鈔票。她收下了。

「再見。」我說：「以這價格來說，我可沒耗費妳太多精力。」

我走出房間，留她赤裸裸站在房間中央，一手拿著胸罩、一手握著五十法郎的鈔票。我並不後悔付這筆錢。我把她嚇呆了。妓女可不是這麼好嚇的。下樓梯時，我心想：「這就是我想做的，我想震驚他們所有人。」我像個孩子一樣雀躍。我帶走了那塊綠色肥皂，回家後在熱水下面搓了很久，直到它在我指間變成薄薄一片，變得像是吸吮很久之後的薄荷糖。

但我在夜裡驚醒，眼前再度浮現她的臉，她看見槍時的眼神，還有她每踏一步就會晃動的肥肚子。

我太蠢了——我這樣告訴自己。我感到一股劇烈的悔恨。我應該在那邊開槍，打爆那個肚子，讓它百孔千瘡。那一夜，以及接下來的三個夜晚，我都夢見六個紅色小洞，環繞肚臍一圈。

在這之後，我出門必定帶槍。我看著人們的背，依照他們走路的方式來想像，如果我對他們開槍，他們會用什麼方式倒下。每個週日，我開始習慣站在夏特雷劇場前面，等古典音樂會散場。六點左右，我聽見鈴響，接著帶位小姐會用鉤子固定玻璃門。開始散場了，人們慢慢走出來，他們的腳步漫不經心，一雙眼睛仍在做夢，心中還留著滿滿的美好感受。他們當中有不少人會一臉訝異地環顧四周，街道在他們眼前大概藍得驚人。於是他們面露神祕的微笑，從一個世界來到另一個世界。而我呢，我在另一邊等著他們。我將右手伸進口袋，用盡全力握緊手槍的槍托。這樣持續一段時間之後，我會看見自己正在對他們開槍。我像射擊標靶一樣擊倒他們，他們一個接一個倒下，倖存的人則陷入恐慌，他們會撞破玻璃門，湧回劇場避難。這遊戲讓人情緒激動，最後我會雙手顫抖，不得不去德列爾的店裡喝杯白蘭地來定定心神。

我不會殺女人。只會瞄準她們的腰。不然就射小腿肚，好讓她們跳舞。

我什麼都還沒決定，但我採取的立場，是彷彿已經做出決定，並依此來進行所有行動。首先，我解決了一些次要的細節問題。我在當費爾—羅什羅廣場市集的一個攤子練習打靶。我的射擊成績不怎麼樣，但是拿人類當作目標的射擊範圍很廣，尤其是近距離開槍的時候。接下來我為自己做了宣傳。我選了同事全部聚在辦公室的一個日子。週一早上。原則上我對他們非常友善，雖然我厭惡和他們握手。他們會摘下手套來問好，以一種猥褻的方式裸露手掌底部、拉低手套，慢慢讓手套沿著手指滑落，露出赤裸裸、油膩膩、皺巴巴的手掌。

我從來不脫手套。

星期一早上，我們沒什麼事可做。營業部門的打字小姐剛把收據拿給我們，勒梅西葉和她開了無傷大雅的玩笑。她離開之後，所有同事以一種麻木不仁的老生常談來詳細描述她魅力何在。然後他們聊起林白❶。他們很喜歡林白。

「我喜歡的是黑英雄。」我對他們說。

「黑人？」馬榭這樣問。

「不是，是黑魔法的那種黑。林白是白英雄，我對他沒興趣。」

「那您去試試看飛越大西洋容不容易啊。」布克桑酸言酸語。

我向他們闡述了我的黑英雄理論。

「就是無政府主義者。」勒梅西葉這樣總結。

「不對，」我溫和地說：「無政府主義者是用他們自己的方式熱愛世人。」

「這樣的話，您指的應該是某些精神錯亂者。」

❶ 譯註：查爾斯・林白（Charles Lindbergh，1902 ～ 1974），美國飛行員，於1927 年駕駛單翼飛機從紐約飛至巴黎，成為歷史上首位成功完成單人不著陸飛行橫跨大西洋的人。

但博學多聞的馬榭在這時開口插話。

「我知道您講的是誰。」他對我說：「黑若斯達特斯（Érostrate），他就叫這個名字。他想要變成名人，但他唯一找到的成名方法，是放火燒掉世界七大奇蹟的亞底米神廟（le temple d'Éphèse）。」

「而建造神廟的建築師，他叫什麼名字？」

「我忘了，」馬榭承認：「我想我們連他的名字都不知道。」

「真的？但您卻記得黑若斯達特斯的名字？您看看，他的計謀其實不算太糟。」

我們的對話到此結束，但我已放下心來，他們一定會在適當的時機想起這段對話。對於我這個從來沒聽說過黑若斯達特斯的人來說，他的故事鼓舞了我。他已經死去超過兩千年，而他的行動卻依然閃閃發光，像一顆黑鑽石。我開始相信一件事：我的人生會很短暫，而且是悲劇性的。我先是為此恐懼，接著就習慣了。就某方面來看，這很殘酷，但從另一方面來說，每個當下都因此展現驚人的力與美。當我下樓走在街上時，我感覺體內有股奇異的力量。我身上帶著槍，它能發出巨響、引起轟動。但我的自信心不再是由它而來，而是來自我自己——我就是槍枝、炸藥與砲彈的一份子，是它們的同類。我和它們一樣，有一天，當我陰暗的一生抵達終點時，我會爆炸迸發，用一道像鎂光一樣激烈而短暫的火光，照亮全世界。這段時期，我有時會連續數夜都做同樣的夢。我是個無政府主義者，守在沙皇會經過的路上，身上帶著一台惡魔般的器械。預定時間一到，沙皇隊伍經過時，炸彈應聲爆裂，我們就在人群眼前被炸飛——我、沙皇、還有三名穿金戴銀的軍官。

如今，我已整整數週沒出現在辦公室。我在大道上漫步，置身於我未來的受害者當中，或是關在房間裡籌備行動計畫。他們在十月初把我解雇。我把空閒時間用來書寫以下這封信，共抄寫一百零二份：

先生：

您是名人，您的著作印量是三萬本。我來告訴您為什麼：因為您熱愛人類。您天生具有人道精神，運氣真好。您在他人的陪伴之下心醉神迷；您一旦看見同胞，便對他抱持好感，即使是不認識的人也一樣。您對人的身體非常感興趣，著迷於它的構成方式、那雙隨心所欲開開闔闔的雙腿，尤其是那雙手。您喜愛人的每隻手都有五根手指，喜愛他能使拇指與其他手指互相面對面。當您的鄰居從桌上拿起一個茶杯時，您非常歡喜，因為他拿茶杯的方式是人類特有的姿勢，而您經常在書中描述這動作，雖然沒有猴子的動作那麼靈活、那麼迅速，但擁有更多智慧，不是嗎？您也喜愛人的肉體，他傷重復原之後復健的步履，他踏出每一步都彷彿重新創造行走的動作，還有他那能夠威嚇野獸的眼神。因此，對您來說，找到適當的語調對人類談論他自己，是一件很容易的事；一種謹慎持重卻又狂熱的語調。人們貪婪熱切地閱讀您的書，他們坐在舒服的扶手椅中閱讀，想著您筆下刻骨銘心、不幸的祕密戀情，這能安慰他們忘記許多不如意，譬如自己很醜、很懦弱、遭人欺騙，或是年初沒有調薪。人們會很樂意地說，您最新的那本小說是美事一樁。

我想，您應該會很好奇，想知道一個不喜歡人的人會是什麼樣子。看吧，我就是這樣。我是如此討厭人類，所以等會要去殺六個人。或許您會疑惑：為什麼只殺六個？因為我的手槍只有六發子彈。極其殘忍，不是嗎？而且，這行動竟然完全無關政治？但我告訴您，我沒辦法喜愛他們。我非常能夠理解您的感受。但是，他們身上那些吸引您的特質，卻讓我倒盡胃口。我和您一樣，看見這些人一面有節制地咀嚼食物，一面保持中肯的眼神，左手同時翻著一本經濟雜誌。若我比較想去觀賞海豹進食，這是我的錯嗎？人用臉龐做出的所有舉動，那都會變成面部表情的遊戲。當他閉著嘴巴咀嚼時，他的嘴角向上揚又往下垂，看來像是不斷輪番交替兩種狀態，一下子心平氣和、一下子受驚想哭。我知道您喜歡這樣，您稱之為心靈的警惕性。但我只覺得噁心。我不知道為什麼。我生來如此。

若我們之間的差異僅僅只是喜好不同的話，那我是不會來打擾您的。但一切都彷彿顯得您飽受庇佑，而我則絲毫不然。我可以自由選擇要不要喜歡美式龍蝦，但我如果不喜歡人類，就成了一個卑劣的壞蛋，在陽光下沒有容身之處。他們獨攬了生命的意義。我希望您能理解我想說什麼。三十三年來，我總不斷撞見門扉緊閉，門上寫著「非人道主義者不得進入」。我曾開始著手的所有事物，都不得不放棄，我必須抉擇，若非在被迫之下做出荒謬的嘗試，否則便是這些嘗試遲早都將轉為對他們有利。有些思緒並非特意指向人類，但我卻無法將這些思緒從我身上抽離，也無法確實表達它們。這些思緒停留在我身上，像是輕微的內臟蠕動。就連我自己使用的工具，我都能感覺它屬於他們，譬如話語便是如此。我想要屬於我自己的話語。但我所擁有的字句，已經在不知多少人的意識中停留，它們在我的腦海裡兀自安排就緒，那是依照它們在其他人腦子裡學到的習慣所做的安排，而我現在用這些字句寫信給您的同時，也因此感到反感。但這是最後一次了。我告訴您：人必須喜歡人，否則就必須湊合應付。那麼我呢，我不想湊合應付。待會，我會拿起手槍，走到街上，看能不能成功做出一點對抗他們的事。永別了先生，或許我遇見的人會是您。那麼您永遠不會知道，我是以何等喜悅的心情轟掉您的腦袋。若死的不是您（這是較有可能的狀況），請您讀一讀明天的報紙。您會看見一個名叫保羅．希勒貝爾的人在一場狂怒之下，在埃德加—基內大道射殺五名行人。您比誰都清楚大報紙寫的內容多不可信，因此您將會理解，我並不「狂怒」，我非常冷靜，並在此向您致上我最崇高的敬意。

保羅．希勒貝爾

我將一百零二封信塞進一百零二個信封，並在信封上寫上一百零二個法國作家的地址。接下來，我將它們連同六套郵票一起放進桌子抽屜。

接下來的十五天，我極少出門，任由犯罪計畫緩緩占據我所有心思。有時我會照照鏡子，欣然觀察自己臉孔產生的變化。我的雙眼變大，吞噬了整張臉。它們很黑暗、很溫柔，在眼鏡後方骨碌碌轉動，像行星一樣。藝術家的美麗雙眼，殺人犯的美麗雙眼。等我完成屠殺行動之後，一定會有更加深刻的改變。我看見那兩位殺害並蹂躪女主人的女傭的照片，美麗的女孩們。我看了她們事前以及事後的照片。事前，她們的臉像乖巧的花朵，在厚棉領口上方晃動。她們散發一股清潔感，以及誘人的貞潔。簡樸的捲髮鉗將她們的頭髮燙成一模一樣的波浪。相較於她們的捲髮、領口，還有彷彿在攝影師家中作客的神情，更讓人放心的，是姊妹兩人的相似程度，一眼便能看出家族成員的天生根源與血緣關係，那是如此循規蹈矩的相似性。事後，她們的臉像火災一樣熠熠發光。她們裸露即將被砍頭的脖子，臉上到處都是皺紋，由於恐懼與恨意而產生的恐怖皺紋。她們的面部肌肉滿是凹痕與坑洞，彷彿有一頭野獸伸長利爪，在她們臉上兜圈子。還有她們的雙眼，極度黑暗，深不見底，就像我的眼睛一樣。而她們不再彼此相似。她們以各自的方式，背負她們共同犯下的罪的回憶。我告訴自己：「區區一樁由於陰錯陽差而導致的殺人事件，就能造成這兩名孤兒如此劇烈的轉變，那麼一樁完全由我構思策劃的兇殺案，對我能夠造成的改變，還不值得期待嗎？」這起案件將會征服我，翻轉我身為人類的醜陋……犯罪事件會讓犯案者的人生從此徹底改變。人一定有希望重新來過的時刻，但犯罪事件會在後方擋住你的去路，像礦石閃閃發光。我只求一小時，享受這場屬於我的犯罪，感受它的重量將我壓垮。我會將一切安排妥當，好讓這一小時專屬於我。我決定在奧德薩街執行處決。我會趁人群陷入慌亂時逃走，留他們在原地收拾他們的死者。我會奔跑穿越埃德加—基內大道，火速回到德隆波街，只需三十秒便能抵達我家樓下。此時，追逐我的人還在埃德加—基內大道上，他們會找不到我的去向，之後一定得花超過一個小時，才能找到我在哪裡。我會在家裡等著他們，當敲門聲響起時，我便再次填裝子彈，將槍塞進嘴裡，射殺我自己。

我的日子過得比以前闊綽。我和瓦文街一家外帶飯館的老闆商量好，他們每天早晚都會將美味的餐點送來我家。伙計按門鈴時，我不會開門，而是等幾分鐘才將門打開一條縫，地上擱著一個長長的籃子，裡面是裝得滿滿的、熱騰騰冒煙的餐盤。

十月二十七日，晚上六點，我的錢只剩十七法郎五十生丁。我拿起手槍與寫好的信，下樓。我小心留意別關上門，才能在完事之後用最快速度回到家裡。我覺得很不舒服，雙手冰冷，憤怒欲狂，眼睛發癢。我看著商店、校區樓舍，還有我常去買鉛筆的文具店，卻認不出它們。我心想：「這條街是怎麼了？」蒙帕納斯大道擠滿了人，他們撞開我，推擠我，用他們的手肘或肩膀頂我。我放任自己搖擺晃盪，沒有氣力混進他們之中。突然我看見自己置身人群，既孤單又渺小，好恐怖。如果他們想傷害我的話，我會多麼疼痛啊！我因口袋裡的槍而恐懼，總覺得他們會猜到它就在這兒。他們會用嚴厲的眼光瞪視我，他們會說：「呃，怎麼……怎麼……」口氣既憤慨又歡愉，一面用他們的手掌逮住我。私刑處置！他們會把我高高向上拋，而我會像個人偶掉落在他們的手臂之中。我如此判斷：等到明天再執行我的計畫，會比較明智。我去圓頂餐廳吃晚餐，花了十六法郎八十生丁。剩下的七十生丁，被我丟進水溝裡。

我在房間裡待了三天，不吃、不睡。我拉上百葉窗，不敢靠近窗戶，也不敢點燈。星期一，有人來按我家門鈴。我屏息靜候。一分鐘後，門鈴再度響起。我踮起腳尖走到門邊，將眼睛湊近鑰匙孔，只看見一塊黑色布料，還有衣服上的鈕扣。那傢伙又按一次門鈴，然後下樓了。我不知道那是誰。夜裡，我見到嶄新的幻覺，棕櫚樹、潺潺流水，紫色天空籠罩著一座圓頂。我並不渴，因為我有時會去水槽那邊喝自來水。但我很餓。我也再度看見那個棕髮妓女，我們在一座城堡裡，城堡是我找人興建的，位在努瓦爾高地（les Causses Noires），方圓二十里之內沒有半座村莊。她全身赤裸，單獨和我在一起。我用手槍威脅她，強迫她跪在地上，趴著用四肢奔跑。接著我將她綁上一根柱子，花很多時間向她解釋我要做的事之後，用子彈把她打得千瘡百孔。那畫面讓我心慌意亂，只好到此打住。之後，我在黑暗中靜止不動，腦袋一片空白。家具開始嘎吱作響。這時是清晨五點。我願意付出任何代價，只求能夠離開房間，但由於街上有人走著，我不能下樓。

這一天終於到了。我不再感到飢餓，卻開始流汗，弄濕了襯衫。外面陽光普照。於是我想：「『他』蜷縮在緊閉的房間裡，在黑暗裡。『他』已三天沒吃沒睡。有人來按門鈴，『他』沒開門。待會『他』會走到街上，『他』會殺人。」我害怕自己。晚上六點，飢餓感再度襲來。我陷入狂怒，撞家具撞了一陣子，接著點亮房間、廚房、小房間的電燈。我開始聲嘶力竭大聲歌唱。我洗了手，出門。我花了超過兩分鐘，才把所有信都塞進郵筒，一次塞十封，大概弄皺了幾個信封。接下來我沿著蒙帕納斯大道走到奧德薩街。我在一間襯衫店的鏡子前停下腳步。看見自己的臉時，我想：「就是今晚了。」

我守在奧德薩街高處離煤氣燈不遠的地方，等候著。兩名女子經過，她們挽著對方手臂。

「所有窗戶都鋪上緞毯，跑龍套的都是地方名流。」其中金髮那個說。

「他們破產了？」

「他們可不需要等到破產，才去做每天賺五枚路易金幣的工作。」

「五枚金路易！」棕髮那個讚嘆不已。經過我身邊時，她再度開口：「而且我可以想像，穿上他們老祖宗的戲服，他們應該覺得很有趣。」

她們走遠了。我很冷，但大汗直流。過了一陣子，我看見三名男人往這走來。我任他們走過面前，因為我需要六個人。走在左邊那個看我一眼，嘖了一聲。我避開目光。

七點五分，兩群靠得很近的人從埃德加—基內大道走過來。其中一群是一男一女和兩個小孩，走在後面的則是三名老婦。我向前跨出一步。女人看來很生氣，捉著小男孩的手臂搖晃他。

「這小鬼真煩人。」男人有氣無力地說。

我的心跳得太快，導致雙臂疼痛。我往前走，站在他們面前，靜佇不動，手指在口袋裡軟軟地握住板機。

「借過。」男人邊說邊把我撞開。

我突然想起自己剛才關上了公寓的門，因此氣惱不已。我得浪費寶貴時間來開門。那些人漸漸走遠，我轉過身去，機械性地尾隨他們。但我已經不想朝他們開槍了。他們在大道的人潮中失去蹤影。我倚牆站立，聽見八點的鐘聲，聽見九點的鐘聲。我反覆對自己說：「為什麼必須殺掉這些人呢，他們已經死了。」我想笑。一隻狗跑來嗅聞我的腳。

當一名肥胖的男人超越我時，我嚇了一跳，然後緊緊跟隨他。在他的圓頂禮帽和大衣領口之間，我看見他紅潤脖子上的皺摺。他有點左搖右晃，呼吸很大聲，看起來很強壯。我拿出手槍。它閃亮而冰冷，它讓我作嘔。我不太記得自己應該怎麼做。我一會兒看著槍，一會兒看著男人的脖子。脖子上的皺摺對我微笑，像一張悲傷微笑的嘴巴。我心想，是不是該將手槍丟進下水道。

突然他轉過身來，用惱怒的神情看著我。

我後退一步。「我只是……想請問您……」

他似乎沒在聽，且看著我的手。

「請問您能告訴我蓋特街在哪裡嗎？」我費力地說完。

他的臉很大，雙唇顫抖。他什麼都沒說，只是伸出手，指了方向。我再度後退，對他說：「我想……」

就在這一刻，我知道自己要開始尖叫了。我不想尖叫，我對他的肚子開了三槍。他用一副愚蠢的模樣跌跪在地，頭靠在左肩上左搖右擺。

「賤種，」我對他說：「該死的賤種！」

我拔腿逃跑。我聽見他的咳嗽聲。我也聽見身後傳來尖叫聲與跑步聲。有人問道：「怎麼了，他們起了爭執？」接著隨即有人大喊：「抓住殺人犯！抓住殺人犯！」我不認為那喊聲和我有關，但它聽起來很不祥，就像我小時候聽見的消防車警笛聲。陰森可怕，又有點怪誕。我使盡雙腿的力量，拼命奔跑。

但我犯下一個不可饒恕的錯誤：原訂計畫是沿著奧德薩街往上跑到埃德加—基內大道，但我卻**沿著奧德薩街，往下朝著蒙帕納斯大道跑去**。當我發現這件事時，已經太遲了，我已置身於人群中央，一張又一張訝異的臉朝我轉過來（我還記得一個女人濃妝豔抹的臉，她頭戴一頂飾有羽毛的綠色帽子），而我聽見奧德薩街那邊的蠢蛋在我背後大嚷「抓住殺人犯」。有人將手放上我肩膀。於是我失去理智，我不希望我的死法是被這群人悶死。我又開了兩槍。人們開始叫嚷、後退。我衝進一間咖啡館。我經過店內客人身邊時，他們紛紛起身，但並未試圖阻止我。我穿過整間咖啡，將自己關進洗手間。手槍還剩一發子彈。

就這樣過了一段時間。我氣喘吁吁，上氣不接下氣。四下非常安靜，彷彿人們刻意閉嘴緘默。我將手中武器舉到眼前，看著它小小圓圓的黑洞——子彈會從這裡出來，火藥會燃燒我的臉孔。我再度垂下手臂，等著。過了一陣子，他們躡手躡腳過來了。從窸窸窣窣摩擦地板的腳步聲聽來，應該有一整隊人馬。他們輕聲耳語一會，然後噤口不語。我依舊氣喘吁吁，牆另一邊的他們絕對聽得見我的喘氣聲。有人輕輕走近，搖動門把。他一定是緊貼旁邊牆壁，好躲避我的子彈。我還想再開槍——但最後一發子彈，是留給我的。

「他們在等什麼？」我暗忖：「如果他們過來撞門，立刻將門撞開的話，那我就沒有時間自殺，他們就可以活捉我。」但如果他們不急著行動，就是讓我有充裕的時間好好死去。這群混帳，他們害怕。

過了一會，有人開口說話。

「好了，開門吧，我們不會傷害您。」

一陣沉默。

「您知道您是逃不掉的。」那聲音再度開口。

我沒回答。我仍舊氣喘吁吁。為了鼓勵自己開槍，我告訴自己：「如果他們抓到我，他們會揍我，把我牙齒打斷，說不定會打爆我一隻眼睛。」我想知道那個胖傢伙有沒有死。或許我只有打傷他……至於另外兩槍，說不定根本沒擊中半個人……他們正在準備什麼，他們在地上拖行一個重物？我急忙將槍口塞進嘴裡，用力咬住它。但我無法開槍，連將手指放上板機都沒辦法。四下再度陷入寂靜。

於是我丟掉手槍，打開門。

親密關係

Intimité

I

露露習慣裸睡，因為她喜歡床單輕撫肌膚的觸感，而且漿洗衣服的費用很貴。亨利原本表示反對，因為沒有人會光溜溜躺上床，這樣很髒。但他最後還是跟著妻子裸睡，他的個性就是這麼隨便。人多的時候，他就像根木樁一樣直挺挺站著，循規蹈矩（他崇拜瑞士人，尤其覺得日內瓦人氣派高雅，因為他們都是木頭人）。但他對日常小事就馬馬虎虎，譬如他不太愛乾淨，底褲換得不夠勤。露露把他的底褲放進待洗衣物區時，總不禁注意褲檔因摩擦過度而泛黃的痕跡。露露個人並不討厭髒汙，她覺得這樣比較親密，有種溫柔的暗影，像手肘凹陷處的影子。她就一點都不喜歡英國人，他們的身體一點味道都沒有，毫無個人特色。但她厭惡丈夫的散漫，因為這是貪圖安逸的一種方式。清晨起床時，他總非常善待他自己，滿腦子好夢。大太陽、冷水、梳子的鬃毛，對他來說都粗暴至極、太不公道。

露露仰躺著，左腳大拇指伸進床單的縫隙——不是縫隙，是床單脫線了。她覺得厭煩，明天得把它補起來。但她還是微微拉扯線頭，好確實感受它裂開了。亨利還沒睡著，但已不再打擾她。他常告訴露露，他一旦閉上雙眼，便覺得自己被纖細而強韌的繩索五花大綁，連小指都抬不起來。簡直是一隻碩大的蒼蠅，困在蜘蛛網裡。露露喜歡感受大片床單捕獲她、壓著她。露露心想，若他有辦法這樣一直癱瘓下去，那就是我要照顧他，像清潔孩子一樣清潔他，有時把他翻過來讓他俯臥，打他屁股。當他母親來看他時，我會找個藉口讓被單滑落，他母親便會看見他全裸的樣子。我想她會僵在原地，她應該有十五年沒看見他這樣了。露露輕撫丈夫側臀，在腹股溝輕捏一下。亨利咕噥抱怨，但一動不動。全身無力。露露微笑，因為「無力」這個詞總讓她微笑。當她還愛著亨利時，他在她身邊像這樣癱軟無力地休息時，她很喜歡想像他是被一群小小人以極度的耐心五花大綁，像她小時候讀的《格列佛遊記》書中的插圖。她常稱呼亨利「格列佛」，亨利還滿喜歡的，因為是英國名字，而露露會顯得很有學問。但他比較希望她用英國口音來唸這個名字。露露想，這些人多煩人啊，如果他想娶個有學問的太太，那他去娶珍妮．伯德不就得了，她的胸部像狩獵用的號角，但她會說五種語言。以前我們還會在週日前往索鎮，我是如此無法忍受他的家人，總得帶本書，什麼書都可以，總有人會過來看我在讀什麼，而他的小妹會這樣問我：「露西，您看得懂嗎？」重點是他不認為我優秀。瑞士人就很優秀，沒錯，因為他的姊姊就是嫁給瑞士人，生了五個小孩，然後強迫亨利愛上他們的山。我不能生小孩，這是體質上的問題，但我從不覺得他做的事有多優秀，當他跟我出去時，他總是一直跑廁所，我就必須站在男用小便亭的前面等他，一面看著這些人的正面，這時我看起來是什麼樣子啊？而他尿完出來時，邊走邊彎著腿拉他的長褲，像個老頭子。

露露將腳拇指從床單的裂縫中抽出來，搖了搖腳，好讓自己在亨利癱軟被俘的身體旁邊，享受一點機靈敏捷的輕快感。她聽見咕嚕聲，心想，這真讓我火大，我永遠不知道到底是他的肚子還是我的肚子在叫。她閉上雙眼，想像這些液體在一堆軟軟的管子裡咕嚕咕嚕，每個人的身體裡都有這種管子，麗蕾特身體裡有，我身體裡也有（我不喜歡想這種事，一想到就肚子痛）。他愛我，不愛我的腸子，如果有人把我的闌尾泡在罐子裡拿給他看，他不會認出那是什麼，他總是不斷在我身上亂摸，但如果有人把那個罐子放到他手裡，他不會有任何感覺，他不會想到：裡面的東西「是她的一部分」。我們應該要能夠愛一個人的一切，包括食道、肝臟、腸子。或許人們不愛這些部位，只是因為不習慣，如果人們能夠看到這些器官，就像看到我們的雙手或手臂一樣，或許就會愛這些器官。那麼海星一定比我們更加相愛，晴朗時牠們在海灘伸展，露出胃部透氣，所有人都能看見牠們的胃，不知道我們的胃要從哪裡伸出來，從肚臍嗎？露露閉上雙眼，藍色的圈圈開始旋轉，她想，這就像昨天我在園遊會用橡膠飛箭射那些圓盤，每射一次就會點亮一個字母，拼出一座城市的名字，但那個人妨礙我拼出完整的「第戎」，因為他從後面緊緊貼著我，我討厭人家從後面碰我，我真希望自己沒有背面，我不喜歡有人在我看不到他們時對我動手動腳，他們可以快快活活，而我看不到他們的手，只能感覺那手向下滑或往上摸，無法預測接下來的動向，他們把你看得一清二楚，你卻看不到他們，他就喜歡這樣。亨利從沒想過這種事，而他呢，他滿腦子只想著他要貼在我後面，我很確定他是故意這樣摸我的臀部，因為他知道我對自己的屁股感到羞恥，而我羞恥的時候他會興奮，但我不要想著他（露露害怕），我要想著麗蕾特。每天晚上，露露都在同一時刻想著麗蕾特，就在亨利開始含糊呢喃、開始夢囈的時候。但露露的企圖遇上一股阻力，另一個人硬是不肯從她腦海消失，某一刻她甚至看見他烏黑的捲髮，她全身顫慄，因為你永遠不知道接下來會看見什麼。如果是臉的話就還好，還不算什麼，但有些夜裡，她徹夜無法闔眼，因為討厭的回憶再度浮上心頭，當你這樣徹底理解一個男人，尤其是像這樣的時候，那真是太可怕了。亨利就不一樣了，她想，我能想像他從頭到腳的模樣，那會讓我的心變得柔軟，因為他全身都軟軟的。他全身肌肉的色澤都很暗淡，只有肚子是粉紅色的。他說身材好的男人坐下時，肚子會有三橫皺摺，問題是他其實有六條皺摺，只是他把兩條算成一個單位，而且不願看看別人。她惱火地想起麗蕾特曾經這樣說：「露露，您不知道美男子的肉體是什麼樣子。」露露想，這真是太荒謬了，我當然知道那是什麼樣子，麗蕾特指的是那些結實得像石頭，肌肉壯碩的身體，但我不喜歡這種的。派特森的身體就是這樣，當他擁抱我的時候，我覺得自己軟弱得像一隻蠕蟲。我之所以嫁給亨利，就是因為他鬆鬆軟軟，因為他像個神父。神父穿長袍的樣子就像女人一樣溫柔，而且他們好像還會穿長襪。當我十五歲的時候，我好想輕輕掀起他們的長袍，看看他們屬於男性的膝蓋和四角褲；他們腿間有那玩意，這對我來說真是太奇怪了。我想用一隻手拉起長袍，另一隻手則沿著他們的腿向上滑，直到那個地方，並不是說我喜歡女人，而是男人那玩意在長裙下面感覺好嬌嫩，像一朵碩大的花。重點是，在現實生活中，你永遠無法把它安安份份握在手裡，它會像動物一樣開始蠢動、變硬，我怕它這樣，當它硬挺聳立的時候，看起來好凶暴。愛，真髒。從前我愛亨利的原因，是因為他的小東西永遠不會變硬，從來不抬頭，我會笑，有時會親它，那不比孩童的小雞雞更讓我害怕。晚上我會把那溫柔的小東西握在指間，他會臉紅，邊嘆氣邊轉過頭去，但那毫無動靜，在我手裡乖乖的，我也不會握緊它，我們就久久保持這樣，直到他睡著。這時我會仰躺，想著神父，想著純淨的事物，想著女人，我會先撫摸自己的肚子，我漂亮平坦的腹部，接著將手往下探，往下探，然後便是快感，只有我自己懂得給予自己的快樂。

捲髮，像黑人的捲髮。焦慮像一顆球，梗在喉嚨。但她緊閉眼瞼，終於看見麗蕾特的耳朵，緋紅泛金的嬌小耳朵，像是用冰糖做的。眼前浮現這耳朵時，露露並不像平常一樣開心，因為她的耳邊同時響起麗蕾特的聲音，那嗓音既尖銳又清晰，露露並不喜歡。「我的小露露，您必須和皮耶一起離開，這是您唯一能做的明智抉擇。」露露心想，我很喜歡麗蕾特，但她說出一些自以為了不起的話而且得意洋洋的時候，我真的有點火大。昨天在圓頂餐廳，麗蕾特一臉明理而又凶悍地湊過來說：「您不能留在亨利身邊，您已經不愛他了，這樣下去是一種罪過。」她從不放過任何說亨利壞話的機會，我覺得這樣實在不太厚道，亨利一直對她很好。我或許的確不愛他了，但也輪不到麗蕾特來告訴我這件事。對她來說，一切似乎都很簡單、很容易，愛就是愛，不然就是不愛了。但我不是簡單的人。首先，我很習慣這裡的生活，而且我滿喜歡他的，他是我丈夫。我真想打她，我總想弄疼她，因為她很肥。「這樣下去是一種罪過。」她舉起手臂，我看見她的腋下，我喜歡她裸露手臂的樣子。腋下。那個部位微微張開，像一張嘴巴，而露露看見紫紅色的肌膚，有點皺紋，頂著有似頭髮的捲毛。皮耶說麗蕾特是「胖乎乎的才女」，露露一點都不喜歡這稱呼。露露面露微笑，因為想起她的小弟羅伯特有天在她穿無袖連身褲裙時問她：「為什麼妳的手臂下面有頭髮？」而她回答：「這是一種疾病。」她喜歡在羅伯特面前更衣，因為他總會說出一些奇怪的看法，真不知道這些念頭是打哪裡冒出來的。露露所有衣物他都會碰，他會細心把她每一件洋裝摺疊好。他的手是如此靈巧，以後會是知名的時裝設計師。這職業很吸引人，露露心想，而我呢，我會幫他畫一些布料。一個小孩想成為時裝設計師，這滿稀奇的。如果我是男孩，應該會想當探險家或演員，不會想成為時裝設計師。但他一向愛做夢，他話不多，一心追隨自己的想法。我呢，我以前想當修女，這樣就可以去美麗的房子裡募捐。我感覺雙眼變得柔軟，身體也是，我快睡著了。我美麗蒼白的臉龐裹著修女帽，一定很高貴。我會見識幾百間陰暗的廳堂，但女傭幾乎會立刻點燈，於是我會看見放置在小桌上的家族肖像與青銅藝品。還有衣帽架。太太過來時，會帶著一本小小的記事本，和一張五十法郎的鈔票：「親愛的修女，請收下。」「謝謝太太，上帝保佑您。下次見。」但我不會是貨真價實的修女，有時我會在公車裡對某個男的拋媚眼，他先是目瞪口呆，接著他會跟我走，一路跟我閒聊，而我會叫一個密探把他給關起來。募捐的錢我會自己留著。我會給自己買什麼呢？**解毒藥**。太蠢了。我的眼皮漸漸頹軟，我喜歡這樣，簡直像有人把它們泡在水裡，我全身都好舒服。一頂漂亮的冠冕，鑲嵌綠寶石和青金石，轉啊轉，轉啊轉，原來是個恐怖的牛頭，但露露不怕，她說：「救援。康塔爾省（Cantal）之鳥。不動。」紅色長河蜿蜒於乾旱的鄉間。露露想著她的絞肉機，然後想著髮膏。

「這樣下去是一種罪過！」她突然一驚，在夜裡坐起身來，直視前方。她心想，他們在折磨我，他們看不出來嗎？我知道麗蕾特是出於好意，但她分析別人的事總頭頭是道，她應該理解我需要好好想一想。他對我說：「妳會來的！」雙眼炯炯有神。「妳會搬到我家，我要妳完全屬於我。」我討厭他試圖催眠我時的眼神，他搓揉著我的手臂，當我看著那雙眼睛時，我總想到他的胸毛。妳會過來，我要妳完全屬於我。他怎麼能說這種話？我又不是狗。

坐下時，我對他微笑。我特地為他換了粉底，也化了眼妝，因為他喜歡這樣，但他卻什麼都沒注意到，他不看我的臉，只盯著我的胸部，我真希望我的乳房就這樣乾癟掉，好讓他難堪，但我沒什麼胸部，它太小了。妳會來尼斯，住在我的別墅。他說他的別墅是白色的，面海，有大理石建造的樓梯，我們將會整天一絲不掛生活在裡面。光溜溜爬樓梯，感覺應該很奇怪吧，我會逼他走在我前面，這樣他就不能看著我。若非如此，我會連腳都抬不起來，我會一動不動僵在原地，一心期望他眼睛瞎掉。不過這改變不了什麼，只要他在那裡，我就會覺得赤條條的。他捉住我的手臂，用凶神惡煞的態度對我說：「妳瘋狂愛著我！」我很害怕，我說：「對。」我要讓你幸福，我們會開車兜風、乘船出遊、去義大利，你想要什麼我都給你。但他的別墅幾乎沒有家具，我們會直接在地上擺張床墊就寢。他要我睡在他的臂彎裡，我會嗅到他的味道。我喜歡他的胸膛，因為是褐色皮膚，而且很寬闊，但上面長了好多毛。我真希望男人沒有毛。他的胸毛很黑，像青苔一樣柔和，有時我會撫摸它，有時我厭惡它，這時我會盡可能離得遠遠的，但他把我緊緊壓在他身上。他會要我睡在他懷裡，他會緊緊抱住我，而我會聞到他的味道。天黑時我們會聽見海的聲音，而他如果想要的話，甚至會在半夜叫醒我。我絕對沒辦法好好睡覺，除非穿著衣服就寢，因為如果這樣的話，他畢竟還是會放我清靜。聽說有些男人會和那個來的女性做那件事，之後他們的肚子會沾血，不屬於他們的血，床單上面應該也有，到處都是，真噁心，我們為什麼一定要有身體？

露露睜開雙眼，街上的光將窗簾染成一片紅色，鏡中有一道紅色倒影。露露喜歡這道紅光。窗上映出一張扶手椅的剪影。亨利在這張椅子的扶手上擺了他的長褲，吊帶懸空垂下。我得幫他買些吊帶扣環。噢！我不想，我不想離開。他會親吻我一整天，我將會屬於他，我會討他歡心，而他會凝視我，他會想：「這是屬於我的喜樂，我碰了她那裡和那裡，只要我喜歡，隨時都可以再來。」皇港站。露露踢了床單幾腳，每當她回想皇港站發生的事，她就覺得皮耶很討厭。當時露露在柵欄後面，她以為他在車裡，正在看地圖，但她突然驚覺他已躡手躡腳走到她身後，盯著她瞧。露露踢了亨利一腳，這下他可要醒了。但亨利鼾聲大作，並未醒來。我想認識一個年輕的美男子，像女孩一樣純潔，而我們不會碰對方，我們會在海邊散步，手牽手，晚上睡在兩張單人床上，像手足一樣談天，聊到早上。再不然，我想和麗蕾特一起生活，女人和女人相處時多麼迷人。她的肩膀又胖又光滑。她愛上費斯內時，我很悲傷，但是一想到他愛撫她，想到他緩緩將手滑過她的肩膀和側腹，想著她的喘息，我就心慌意亂。真不知道當她像這樣全裸躺著，身上壓著一個男人，當她感覺他的雙手遊走在她肌膚上的時候，她的表情會是什麼樣子。我不會為了碰她而不計代價付出一切，我不懂得如何取悅她，就算她想要，就算她對我說：「我想要。」我也不懂該怎麼做，但如果我是隱形人，我會想在有人對她做這種事時，待在那裡，看著她的臉（我不相信她還會一臉聰明），並輕輕撫摸她張開的膝蓋，她紅潤的膝蓋，聽她呻吟。露露喉嚨乾澀，輕笑一聲，人有時就是會有些怪主意。有一次，她想像皮耶想強姦麗蕾特，而她則幫忙皮耶，將麗蕾特抱在懷裡。露露心想：昨天，她雙頰緋紅似火，我們坐在她的貴妃椅上，緊緊靠在一起，她雙腿緊攏，但我們什麼都沒說，也什麼都不會說，永遠都不會。亨利開始打呼，露露嘆了口氣，心想：我在這兒，我睡不著，我如此煩躁，而他卻在打鼾，這個蠢蛋。如果他把我擁入懷裡，哀求我，對我說：「妳是我的一切，露露，我愛妳，不要離開我！」那我會為他犧牲，我會留下來，對，我會留下來和他一起，一輩子，為了討他開心。

II

麗蕾特在多摩咖啡館的露天座位區坐下，點了一杯波特酒。她覺得厭煩，很生露露的氣。「……而且這裡的波特酒有軟木塞的味道。露露不在乎這種事，因為她都喝咖啡，但是餐前酒時間根本不該點咖啡。在這裡，不管幾點都喝濃縮咖啡或咖啡歐蕾的人，是因為他們沒錢，這應該頗惱人，但我不能這樣，店裡客戶都盯著我瞧，他們都是不需要克制的人。我不懂她為什麼總約我在蒙帕納斯見面，如果約在潘潘或和平咖啡館的話，也離她家一樣近，而我可以離工作地點近一點。我實在說不出口，但老看見這些人，真讓我覺得悲哀，我只要稍微有空，就非得來這裡不可，露天座位這邊還好，但咖啡館裡聞起來都是髒衣服的味道，我不喜歡失敗者。就連在露天座位，我都覺得自己格格不入，因為我可是很體面的，路過的人看見我置身於這些連鬍子都不刮的男人和不知怎麼回事的女人之間，一定會很訝異，他們會想：『她在這裡做什麼？』我知道有錢的美國女性有時會在夏天來訪，但現在她們似乎只去英國，都是政府害的，所以奢侈品產業才會不景氣，和去年同一時期相較之下，今年我的業績少了一半，我不知道其他人怎麼面對，因為我已經是最優秀的銷售員，這可是杜博許女士告訴我的，我真同情尤涅爾這個小妹妹，她不懂如何賣東西，這個月除了底薪之外，她應該一毛錢都沒賺到。當我們站了一整天，我們會想去舒服的地方放鬆一下，來一點奢侈享受、來點藝術，還有打扮時髦的工作人員，我們會想閉上眼睛，隨波逐流，接下來還需要壓低音量的音樂，偶爾去一趟大使舞廳的話，花費其實沒那麼昂貴，但這裡的服務生實在太蠻橫無禮，一看就知道他們接觸的人很少，除了為我服務的棕髮年輕人，他很和善。我想露露喜歡感受自己被這些人圍繞，她大概害怕去稍微時髦一點的地方，其實她沒有自信，風度翩翩的男人會嚇到她，她不喜歡路易。好吧，我想她在這種地方才覺得自在，這裡有些人連拆卸式衣領都沒戴，看起來一副窮酸樣，還叼著菸斗，還有他們看過來的眼神，甚至不試圖掩飾，他們擺明沒錢買女人，而這一區多的是這種女人，真讓人作嘔。他們簡直想把妳吃掉，而他們甚至沒有能力用稍微恰當一點的方式來表達他們想要妳，用婉轉的方法來逗妳開心。」

「小姐，您的波特酒要純飲嗎？」服務生走過來說。

「是的，謝謝。」

他親切地繼續說：「天氣真好！」

「也該是時候了。」麗蕾特說。

「沒錯，之前簡直像是冬天永遠不會結束。」

他轉身離去，麗蕾特用目光尾隨他。「我滿喜歡這個服務生，」她心想：

「他懂得不逾矩。他並不放肆，但總會問候我，會特別注意我。」

一名瘦削而駝背的年輕男子不斷盯著她看，麗蕾特聳聳肩，轉身背對他，心想：「如果想對女人拋媚眼，至少也該穿著乾淨的衣服。如果他來和我攀談的話，我會這樣回答他。真不知道她為什麼不離開。她不想傷害亨利，我覺得這也太好聽了，不管怎樣，一個女人無權為了一個性無能而搞砸自己的人生。」麗蕾特厭惡陽痿患者，這是一種生理上的厭惡。「她必須離開他，」麗蕾特這樣決定，「這攸關她的幸福，我會告訴她，不能拿自己的幸福開玩笑。露露，您無權拿自己的幸福開玩笑。我什麼都不會對她說，我受夠了，我已經跟她說了一百遍，我們不能強迫別人幸福。」麗蕾特覺得腦袋一片空白，因為她太累了，她看著眼前的波特酒，在杯子裡黏糊糊的，像液態的焦糖，她心中有個聲音一再重複：「幸福、幸福。」而這個美好的詞彙既柔情又莊重，她想，如果有人在《巴黎晚報》（*Paris-Soir*）的比賽中要她表達意見，她會說，這是法語中最美的字彙。「有人想過這件事嗎？他們都說是『活力』或『勇氣』，但那是因為他們是男人，只有女人才能想到這件事，他們應該設兩個獎，一個給男人，而最美的名字將是『榮耀』；為女人準備的獎，將會由我贏得，『幸福』。榮耀（Honneur）和幸福（Bonheur）押韻，太有趣了。我會告訴她：『露露，您無權錯過您的幸福。您的幸福，露露，您的幸福。』我個人很讚賞皮耶，首先因為他是個真正的男人，而且他很聰明，而他的聰明絲毫未曾導致其他缺點。他有錢，他會悉心呵護她。他是那種懂得如何排除人生一些小困難的人，這對女人來說是很愜意的。我喜歡有人懂得指揮，這是很細膩的，他知道如何對侍者或旅館領班說話，他們會聽他的話，對我來說這就是有才幹。這大概是亨利身上最缺乏的一項特質。此外還有健康考量，她有那樣的父親，是應該好好注意身體，她又瘦又蒼白，從來不餓，也不睏，每晚只睡四小時，還能在巴黎東奔西跑一整天來推銷她那些布料的計畫，她這樣是很有魅力沒錯，但她太沒警覺了，她需要遵循合理的飲食計畫，少量多餐，我也很想，但要常吃，而且定時。等她被送去療養院休養十年的時候，就太遲了。」

她一臉茫然盯著蒙帕納斯十字路口的時鐘，指針顯示十一點二十分。「我不懂露露，她的脾氣真古怪，我一向搞不清楚，她究竟是喜歡男人還是厭惡男人。但她和皮耶在一起，應該開心才對，他畢竟和她去年交往的那個『費仁』不一樣，我都說他是廢人。」這回憶逗樂了她，但她忍著不笑，因為那個瘦削的年輕男人依舊盯著她看，方才她轉頭時撞見他的目光。費仁臉上布滿黑點，露露很喜歡用她的指甲按壓他的皮膚來摘掉它們。「真噁心，但那不是她的錯，露露不知道美男子是什麼樣子。像我就喜歡懂得打扮的男人，首先因為男性服飾真是太漂亮了，他們的襯衫、皮鞋、絢麗多彩的別緻領帶，這樣講或許很粗俗，但這股溫柔的力量是如此柔和，如此強大，就像他們抽的英國香菸還有古龍水的味道，還有他們鬍子刮乾淨時的皮膚，那不是……不是女人的皮膚，而是像哥多華馬臀皮，他們強壯的手臂環繞著妳，妳把頭靠在他們的胸膛上，嗅到翩翩美男強烈的甜蜜氣味，他們對妳喃喃說著甜言蜜語，他們有好看的衣服、牛皮製造的漂亮硬鞋，他們對妳囁語『親愛的，我的甜心』，而妳感覺自己快昏倒了。」麗蕾特想到去年拋棄她的路易，感覺胸口一緊：「一個自愛的男人，每個小動作都風度翩翩，戴著徽紋戒指，擁有純金的菸盒和許多愛好……但有時他們卻如此惡毒，比女人還糟糕。最好的應該是四十歲的男人，他還會打理自己，往後梳的頭髮因歲月而花白，他很乾瘦，肩膀很寬，很健美，但他懂人生，而且他會很仁慈，因為他曾經受苦。露露只是個小女生，她運氣很好，有我這樣的朋友，因為皮耶已經開始厭倦了，有些人會趁虛而入，不像我，我總要他耐心等候，當他對我表現得有點溫柔時，我總擺出一副沒注意到的樣子，我會開始聊起露露，我總能找到一些話來稱讚她，但她根本不值得擁有這樣的幸運，她沒意識到這件事，我真希望她能嚐嚐一個人生活的滋味，就像路易走後我的生活，她會體認晚上一個人回到房間是什麼感覺，工作一整天之後面對空無一人的房間，好想將頭靠在某個人的肩膀上。你會不知道自己從哪兒找到勇氣在隔天早上起床，繼續回去工作，擺出開心而有魅力的樣子，給所有人幹勁，但其實你寧願死掉，也不想繼續這樣的生活。」

十一點半的鐘聲響起，麗蕾特想著幸福，想著青鳥，幸福之鳥，愛的叛逆之鳥。她突然一驚：「露露遲到半小時了。這很正常。她永遠不會離開她的丈夫，她沒有足夠的意志去做這件事。事實上，她主要是為了尊嚴，才繼續留在亨利身邊。她雖然出軌，但只要人家叫她「太太」，她就覺得那不算數。她拼命講他壞話，但到了隔天，可不能對她重複她說過的話，她會氣得滿臉通紅。我能做的都做了，能說的都說了，算了，她活該。」

一台計程車停在多摩咖啡館前，露露下了車。她提著一個碩大的行李箱，表情莊嚴鄭重。

「我離開亨利了。」她從遠處大嚷。
她走了過來，因行李箱太重而彎腰駝背，臉上帶著微笑。
「露露，您說什麼？」麗蕾特楞在原地，「您的意思不會是……」
「是的，」露露說：「結束了，我拋棄他了。」
麗蕾特仍舊不敢相信。
「他知道嗎？您告訴他了嗎？」
露露的雙眼如暴風雨動盪不安：「那還用說！」
「天哪，我的小露露！」
麗蕾特不知該作何感想，但不管怎樣，她猜露露需要鼓勵。
「真是太好了，」她說：「您真有勇氣。」
她很想繼續說：您看，這其實沒那麼難。但她忍住沒說出口。露露欣然接受麗蕾特讚賞的眼光，她雙頰緋紅，眼睛閃閃發光。她坐了下來，將行李箱放在身邊。她穿著一件灰色羊毛外套和淺黃色高領毛衣，繫著皮腰帶，沒戴帽子。麗蕾特不喜歡露露出門不戴帽——她心中立即湧現一股奇特的情緒，交雜著深深的責難與愉悅的樂趣，露露總帶給她這種感受。「在她身上，我喜歡的特質，」麗蕾特心想：「是她的活力。」

「迅雷不及掩耳。」露露說：「我對他說出內心話，擊倒了他。」

「我真不敢相信。」麗蕾特說：「但我的小露露，您怎麼會突然這樣做？太不尋常了，您平常可沒有這等幹勁。直到昨天晚上，我都願意拿我的頭來下注，賭您不會離開他。」

「是因為我的小弟。我很願意亨利對我擺出高高在上的模樣，但我無法忍受他這樣對待我的家人。」

「但事情是怎麼發生的？」

「服務生在哪？」露露在椅子上焦躁不已，「多摩咖啡館這些服務生，當你叫他們時，他們永遠不在。服務我們這桌的是那個棕髮小子嗎？」

「對。」麗蕾特說：「您知道他中意我嗎？」

「啊？這樣的話，您要當心洗手間的女士，他總是和她一起鬼混。他在追求她，但我想那只是藉口，其實他是為了看女士們走進洗手間。當她們走出洗手間時，他便直視她們的雙眼，好讓她們臉紅。對了，我要暫時離開一分鐘，我得去地下室打電話給皮耶，他的反應一定很精采！如果您看見服務生，幫我點一杯咖啡歐蕾。我只去一分鐘，之後我就會把一切都告訴您。」

她站起身來，走了幾步，又回到麗蕾特身邊。

「我的小麗蕾特，我好快樂。」

「親愛的露露。」麗蕾特握住露露的手說。

露露用輕快的腳步穿越露天座位區。麗蕾特看著她走遠。「我真不敢相信，她真的辦得到。她多開心啊，」麗蕾特帶點憤慨地想：「她因為這種事而成功撇下丈夫。如果她聽我的勸，她老早就成功了。無論如何這都是我的功勞，在她內心深處，我是很有影響力的。」

過了一陣子，露露回來了。

「皮耶驚訝得說不出話。」她說：「他想知道細節，但我等會兒再告訴他，我們會一起午餐。他說我們或許可以明晚出發。」

「露露，我太為您高興了。」麗蕾特說：「快告訴我。您是在昨夜下決定的嗎？」

「您知道，我什麼都沒決定，」露露羞怯地說：「是事情自己做出決定。」她神經質地拍打桌子：「服務生！服務生！這個服務生真的很討厭，我想要一杯歐蕾。」

麗蕾特非常震驚，如果她是露露的話，在這麼嚴重的事態之下，她才不會浪費時間去窮追狂討一杯歐蕾。露露是很有魅力的人，但她有時膚淺得讓人吃驚，簡直就是一隻鳥。

露露噗哧一笑：「您真該看看亨利當時的表情！」

「不知道您的母親會怎麼講。」麗蕾特認真地說。

「我母親？她會非─常─高─興。」露露一臉肯定，「亨利對她很沒禮貌，您知道的，她受夠了。他總怪她把我教壞了，怪我這樣、怪我那樣，說我很明顯就是用旁門左道的教養方法帶大的。您知道，我現在做的事情，多少是因為她的緣故。」

「但究竟發生了什麼事？」

「怎麼說呢，他打了羅伯特一巴掌。」

「羅伯特去了您家？」

「對，今早他過來一趟，因為我媽要把他送去貢培茲那兒當學徒。我應該有告訴您這件事吧。所以羅伯特在我們吃早餐時過來我們家，而亨利揙他耳光。」

「但原因是什麼？」麗蕾特有點惱怒。她討厭露露敘述事情的方式。

「他們起了衝突，」露露含糊地說：「我弟弟不聽擺布，他不向他低頭。他當著亨利的面說他是『老屁眼』，因為亨利說他沒家教，當然，亨利只會講這種事。我笑得半死。所以亨利就站起來，我們是在起居室裡面用餐，他賞他一巴掌，我真想殺了他！」

「所以您就走了？」

「走？」露露訝異地說：「走去哪？」

「我以為您是在這個時候離開他的。我的小露露，您聽我說，您需要照順序跟我講這件事，否則我一點兒都聽不懂。告訴我，」她心生懷疑，「您真的離開他了？」

「那當然，我已經向您解釋一小時了。」

「好吧。所以亨利打羅伯特一巴掌。然後呢？」

「然後，」露露說：「我把他關在陽台上，太好玩了！他還穿著睡衣。他拍打窗戶，但不敢打破玻璃，因為他吝嗇得像隻虱子。如果我是他的話，我一定會破壞一切，就算弄得滿手是血也一樣。後來泰席耶夫婦出現了，所以他隔著窗戶對我微笑，假裝這是個玩笑。」

服務生從旁邊經過，露露捉住他的手臂。

「服務生，您終於出現啦？如果麻煩您端一杯咖啡歐蕾過來，會不會太打擾您？」

麗蕾特覺得尷尬，她對服務生露出會心的一笑，但他依舊一臉陰沉。他卑躬屈膝一鞠躬，動作滿是指責的意味。麗蕾特有點埋怨露露，她總是不懂得拿捏恰到好處的語調來對下等人說話，一下子太隨和放肆，一下子又太苛求、太冷淡。

露露笑了起來。

「我笑是因為我又想到亨利穿著睡衣站在陽台上的模樣，他冷得發抖。您知道我是怎麼把他鎖在陽台上的嗎？他本來在起居室深處，羅伯特正在哭，而亨利則喋喋不休地說教。我打開落地窗對他說：「亨利，你看！一台計程車撞到了賣花的小販。」他走到我身邊，他很喜歡那個賣花的小販，因為她跟他說自己是瑞士人，而亨利認為她暗戀他。『在哪？在哪？』他這樣說。我不動聲色地後退，回到房間裡，鎖上落地窗。我隔著窗戶對他大吼：「這是你對我弟弟動粗的教訓。」我讓他在陽台上待了超過一小時，他瞪大雙眼看著我們，氣得臉色發青。我對他吐舌頭，拿糖果給羅伯特。在這之後，我把我的衣服拿到起居室，在羅伯特面前更衣，因為我知道亨利痛恨我這樣做。羅伯特親吻我的手臂和脖子，像個小男人一樣，他很迷人。我們故意裝出一副彷彿亨利不在場的樣子。結果，我忘了洗澡。」

「而亨利就在窗戶後面，這太逗趣了。」麗蕾特放聲大笑。

露露收斂笑容。

「我怕他會著涼，」露露認真地說：「生氣的時候，不會想這麼多。」她又快活地繼續說：「他對我們伸出拳頭，一直講話，但他講的我一半都聽不懂。然後羅伯特走了。這時泰席耶夫婦過來按門鈴，我請他們進屋。亨利一見到他們，就滿臉微笑，在陽台上鞠躬問好，而我對他們說：『看看我先生，我最最親愛的丈夫，他看起來像不像水族箱裡的一條魚？』泰席耶夫婦隔著窗玻璃對他打招呼，他們有點驚愕，但沒表現出來。」

「我在這裡也能看到那個場景，」麗蕾特笑著說：「哈哈！您的丈夫在陽台上，泰席耶夫婦在起居室裡！」她重複說了好幾次「您的丈夫在陽台上，泰席耶夫婦在起居室裡」，她想說出一些有趣且生動的字眼來向露露描述這一幕，她認為露露沒有喜劇天分。但字句沒有浮現。

「我打開落地窗，」露露說：「亨利回到屋內，在泰席耶夫婦面前吻我，叫我小淘氣。『這個小淘氣，』他說：『她想逗我玩。』我微笑，泰席耶夫婦也很有禮貌地微笑，大家都在微笑。但等他們離開之後，他就揮拳揍我耳朵。所以我拿起一支梳子打他嘴角，劃破他的嘴巴。」

「我可憐的露露。」麗蕾特溫柔地說。

但露露作個手勢，不要任何同情。她坐得直直的，以士氣高昂的神情搖晃她的褐色捲髮，眼中閃現光芒。

「我們就是在這個時候把事情說清楚，我用毛巾幫他清洗嘴巴，告訴他我受夠了，我已不再愛他，我要離開他。他開始哭泣，說他會去自殺。但我已經不會相信這種話了，麗蕾特，您記得嗎？去年納粹派軍進駐萊茵蘭（la Rhénanie）的時候，他每天都這樣對我瞎扯：戰爭快爆發了，露露，我會去參戰，我會被殺，而妳會很哀慟、很懷念我，妳會後悔讓我承受這麼多痛苦。而我回答他：『不會的，你是陽痿患者，這是退役軍人的症狀之一。』但不管怎樣我還是讓他冷靜下來了，因為他說要把我鎖在起居室裡，所以我向他保證我一個月內不會離開。之後他去了辦公室，他雙眼充血，嘴巴貼著一塊藥膏，真不好看。我呢，我做了家事，放了一鍋小扁豆在火上煮，然後打包我的行李。我在廚房桌上留了一張紙條給他。」

「您寫了什麼？」

「我寫說，」露露驕傲地說：「『爐子上有小扁豆。你自己盛，記得關瓦斯。冰箱裡有火腿。我受夠了，我走了。永別了。』」

她們大笑，一些路人因此轉過頭來。麗蕾特心想她們正在上演一齣賞心悅目的劇碼，因此覺得遺憾，可惜她不是坐在維樂或和平咖啡館的露天座位。笑完之後，她們陷入沉默。麗蕾特發現她們已無話可說，她有點失望。

「我得走了，」露露站起來說：「我和皮耶約在中午碰面。我的行李箱該怎麼辦？」

「留給我吧，」麗蕾特說：「我等會把它托給洗手間的女士幫忙保管。我們什麼時候會再見面？」

「我兩點去您那兒跟您拿行李箱，我有一堆東西要和您買，我的衣物有一半都沒帶出來，皮耶得給我一些錢。」

露露走了，麗蕾特示意服務生結帳。她感覺自己背負著兩人份的凝重與悲傷。服務生急忙過來，麗蕾特先前已經注意到，如果是她叫他的話，他總會趕緊過來。

「總共五法郎，」他說，接著略帶冷淡地說：「您兩位方才真是開懷，我們在地下室都能聽見笑聲。」

麗蕾特氣惱地想，露露傷害了他。

「我朋友今天早上有點煩躁。」她紅著臉說。

「她很有魅力。」服務生真誠地說：「小姐，謝謝您。」

他收下六法郎，走了。麗蕾特有點訝異，但中午的鐘聲響起，她想到亨利即將回家，他會發現露露的紙條——對她而言，這是極度甜美的一刻。

「我希望這些全部在**明天晚上之前**，寄到馮達默街的劇院旅館。」露露以貴婦的姿態告訴櫃檯小姐。

「買完了，麗蕾特，我們走吧。」她轉頭對麗蕾特說。

「收件人的姓名是？」櫃檯小姐問。

「露西安妮·克里斯班太太。」

露露將外套擱在手臂上，開始奔跑。她跑下莎瑪麗丹百貨公司的大樓梯，麗蕾特跟在她身後，好幾次差點摔下樓梯，因為麗蕾特不看腳下，她眼中只有露露翩翩舞動的鵝黃藍色纖細身影！「她的身體確實很猥褻……」每當麗蕾特看見露露的背影或側面，她總震驚於那體型散發的淫猥感，但她自己也不明白為什麼，那只是一種感覺。「她很瘦，身體很柔軟，但有種不莊重的氛圍。我就不是這樣。一定是因為她想盡辦法讓身材曲線畢露。她說對自己的屁股感到羞恥，卻穿著緊貼臀部的裙子。我承認她的屁股很小，比我的小很多，但比我明顯。她的腰很瘦，裙子被圓滾滾的屁股填滿，簡直像是直接在裙子裡澆鑄的臀部。不僅如此，她的屁股左搖右擺，像在跳舞一樣。」

露露轉身，兩人相互微笑。麗蕾特想著露露不得體的身軀，心中交雜著譴責與傷感：小小的胸部挺翹；肌膚很光滑，但色澤偏黃，摸起來一定像橡膠；長腿；下流的修長身體，四肢都細細長長。「黑人女子的身體，」麗蕾特心想：「她就像一個跳倫巴舞的黑女人。」旋轉門邊的鏡子映照出麗蕾特豐滿的體型。「我比她健美多了，」麗蕾特挽住露露的手臂心想：「穿著衣服時，她比我有吸引力，但脫光衣服之後，我一定比她好多了。」

她們沉默一會，接著露露說：「皮耶很感人。麗蕾特，您也很感人，我非常感激你們兩個。」

她這樣說時，神情很不自然，但麗蕾特並未多加注意，因為露露從來不知如何道謝，她太害羞了。

「真難為情，」露露突然說：「我得去買一件胸罩。」

「這裡嗎？」麗蕾特說。她們剛好經過一間內衣店。

「不是這裡。我是因為看到這間店才突然想到這件事。胸罩我都是去費雪的店裡買。」

「蒙帕納斯大道？」麗蕾特大嚷。「露露，您得小心一點，」她一臉嚴肅地繼續說：「蒙帕納斯大道還是別太常去比較好，尤其是這個時段，我們可能會遇到亨利，場面會非常不愉快。」

「遇到亨利？」露露聳肩說：「不會吧，為什麼？」

麗蕾特的雙頰與兩鬢，因憤怒而脹得通紅。

「我的小露露，您一直都是這樣，只要有什麼事不合您的意，您就一口否認，乾脆俐落。您想去費雪，所以就堅稱亨利不會出現在蒙帕納斯大道。您明明就很清楚，他每天下午六點都會路過那裡，那是他的回家路線。這是您親口告訴我的：他會沿著雷恩路往上走，在哈斯拜耶大道轉角處等待AE線的公車。」

「首先，現在才五點。」露露說：「而且他可能根本不在辦公室。看到我寫的紙條之後，他應該躺平了。」

「但是露露，」麗蕾特突然說：「您很清楚歌劇院附近有另一間費雪，就在九月四日路。」

「沒錯，」露露軟弱地說：「但得特地跑一趟。」

「啊！我的小露露，您真可愛！得特地跑一趟！那間店就在旁邊而已，比蒙帕納斯十字路口近多了！」

「我不喜歡那間店賣的東西。」

麗蕾特促狹地想，每間費雪賣的商品都一模一樣。露露如此固執己見，真令人不解：亨利絕對是她現在最不想遇見的人，但她卻簡直像是故意想落入他的手中。

「好吧，」麗蕾特縱容地說：「我們就去蒙帕納斯。反正亨利那麼高，我們會在被他發現之前看到他。」

「遇到又怎樣？」露露說：「遇到就遇到。他又不會吃了我們。」

露露堅持要用走的去蒙帕納斯，她說她需要新鮮空氣。她們沿著塞納路走到奧德翁路，然後是沃日拉爾路。麗蕾特一路讚美皮耶，告訴露露他在這樣的情況下表現得多麼完美。

「我好愛巴黎，」露露說：「離開這裡多遺憾啊！」

「露露，您別說了。能去尼斯是多麼幸運的事，而您卻懷念巴黎。」
露露沒答腔，她開始左顧右盼，神情很悲傷，似乎正尋找什麼。
走出費雪時，她們聽見六點的鐘聲。麗蕾特捉住露露手肘，想儘快帶她離開，但露露卻在柏蔓花店前停下腳步。
「我的小麗蕾特，您看這些杜鵑花。如果我有一間漂亮的客廳，我會把它們擺得到處都是。」
「我不喜歡盆花。」麗蕾特回道。
她很惱火。她轉頭看向雷恩路，可想而知，過了一分鐘之後，她便看見亨利高大而愚蠢的身影。他沒戴帽子，身穿一件褐色粗花呢西裝外套。麗蕾特痛恨褐色。
「他在那裡，露露，他在那裡。」她匆忙說道。
「哪裡？」露露說：「他在哪？」

她和麗蕾特一樣激動。

「在我們背後，馬路另一邊。我們快走，您可別回頭。」

露露還是轉過頭去。

「我看到他了。」她說。

麗蕾特試著把她拉走，但露露全身僵硬，直直盯著亨利看。最後，她說：

「我想他看到我們了。」

露露似乎嚇壞了，她突然任由麗蕾特擺布，溫順地讓麗蕾特將她帶走。

「現在，看在老天爺的份上，露露，拜託您別再轉頭，」麗蕾特有點喘不過氣，「我們要在下一條街右轉，也就是德隆波街。」

她們以極快的速度行走，一路撞到不少行人。露露時而任由麗蕾特拉扯，時而換她在前方拉著麗蕾特。但還沒走到德隆波街的路口，麗蕾特就看見露露身後出現一道碩大的褐髮陰影，她發現那是亨利，因此氣得發抖。露露雙眼低垂，看來既陰鬱又倔強。「她後悔自己太不小心，但已經太遲了，她活該。」

她們加快腳步，亨利跟在她們後面，一言不發。她們走過德隆波街的路口，繼續往天文台的方向前進。麗蕾特聽見亨利皮鞋發出的踏步聲，除此之外，還有一種輕微而規律的嘶啞喘氣聲伴隨他們的步伐，那是亨利的喘氣聲（亨利呼吸的音量一向很高，但從未如此大聲，他想必是奔跑一段才追上她們，不然就是情緒激動所導致的）。

「我們得裝作他不在這兒，」麗蕾特心想：「不要擺出發現他人在這裡的樣子。」但她無法制止自己用眼角偷瞄他。他臉色蒼白，低垂的眼瞼乍看之下彷彿是緊閉的。「像個夢遊症患者。」麗蕾特心想，同時感到一絲驚恐。亨利的雙唇顫抖，下唇貼著一小塊粉紅色藥膏，已經脫落一半，隨著他的嘴唇一同顫抖。還有他的喘氣聲，依舊均勻而沙啞，如今已經轉化為一種帶著鼻音的樂聲。麗蕾特覺得很不自在，她不怕亨利，但疾病與激情總讓她有點恐懼。就這樣一陣子之後，亨利緩緩伸出手，握住露露手臂，他的雙眼始終低垂。露露雙唇扭曲，彷彿快要哭出來，然後顫抖著遠離他。

「噗噗——呸！」亨利說。

麗蕾特好想停下腳步。她的腰際很疼，耳朵嗡嗡作響。但露露幾乎已經奔跑起來，她看起來也像個夢遊者。麗蕾特有種感覺，覺得她要是放開露露的手臂，兀自停下腳步，他們兩個還是會繼續並肩奔跑，而且默不作聲、雙眼緊閉，臉色像死人一樣蒼白。

「跟我回家。」亨利開口了。他聲音沙啞，聽起來很奇怪。

露露沒答腔。亨利再度開口，仍是那嘶啞而平板的聲音。

「妳是我的妻子。跟我回家。」

「您看得很清楚，她不想回家。」麗蕾特咬牙切齒地回答：「放過她吧。」

亨利似乎沒聽見。

「我是妳的丈夫。我要妳跟我回家。」他再次重複。

「求求您饒了她吧，」麗蕾特尖聲說道：「您這樣糾纏她是不會得到什麼好處的，放我們清靜吧。」

他轉頭看著麗蕾特，一臉訝異。

「她是我太太，」他說：「她屬於我。我要她跟我回家。」

他捉住露露手臂，這次露露沒有甩開。

「您走吧。」麗蕾特說。

「我不走，我會跟她跟到天涯海角，我要她回家。」

他說得很費力。突然他皺起臉、露出牙齒，用盡全力大嚷：「妳是屬於我的！」

路人們笑著轉過身來。亨利搖晃露露手臂，像野獸一樣齜牙咧嘴低聲嚎叫。幸運的是，一台空計程車碰巧經過。麗蕾特伸手招呼計程車，停下腳步。

亨利也停了下來。露露想繼續往前走，但麗蕾特和亨利都緊緊握住露露的手臂，一左一右。

「您應該理解一件事，」麗蕾特邊說邊將露露往馬路的方向拉扯：「就是您永遠不可能藉由這樣的暴力來挽回她。」

「放開她，放開我太太。」亨利邊說邊將露露往反方向拉。

露露像一包衣物一樣癱軟無力。

「您究竟上不上車？」計程車司機失去耐心。

麗蕾特放開露露手臂，拼命揍亨利的手。但他似乎對此沒有感覺。過了一陣子，他鬆開手，一臉愚蠢地看著麗蕾特。麗蕾特也看著他。她難以集中精神，心中盤據一股無邊無際的噁心感。他們就這樣四目交接幾秒鐘，兩個人都氣喘吁吁。接著麗蕾特再度打起精神，她摟住露露的腰，將她拖進計程車。

「去哪？」司機問道。

亨利跟在她們身後，打算一起上車。但麗蕾特用盡全力推開他，匆匆關上車門。

「噢！開車，快開車，」她對司機說：「我們待會再告訴您地址。」

計程車開始前進，麗蕾特任自己深深坐進車內。「這一切真是粗俗無比。」她這樣想著。她恨露露。

「我的小露露，您想去哪裡呢？」她輕柔地問。

露露沒回答。麗蕾特用雙臂環抱露露，試圖勸說。

「您得回答我這個問題。您要我將您送到皮耶家裡嗎？」

露露做了一個動作，麗蕾特將之解讀為同意。她向前傾身說：「墨西拿路，十一號。」

麗蕾特坐回原位後，露露以一種奇怪的表情看著她。

「怎麼了……」麗蕾特還沒說完，露露便嚷了起來。

「我討厭您，」露露大喊：「我討厭皮耶，我討厭亨利。你們追著我究竟是為什麼？你們都在折磨我。」

她突然噤聲，整張臉扭曲起來。

「哭吧，」麗蕾特以一種平靜的莊重態度說：「哭吧，您會覺得好過一點。」

露露弓起身子，開始嚎啕大哭。麗蕾特將她抱在懷裡，讓她緊緊依偎自己，偶爾摸摸她的頭髮。但在麗蕾特的心中，卻是漠然與輕蔑。車子停下時，露露已冷靜下來。她擦擦雙眼，補妝。

「請您別見怪，」她優雅親切地說：「剛才那是一時激動。我一時無法忍受看見他這個樣子，看了很難受。」

「他的模樣像一頭猩猩。」麗蕾特安下心來。

露露微笑。

「我們什麼時候會再見面？」麗蕾特問。

「噢！明天之前沒辦法。您知道皮耶因為他母親的關係，所以沒辦法收留我嗎？我住在劇院旅館。如果不會造成您的困擾的話，您可以清早九點左右過來，因為接下來我要去看我媽媽。」

她面色慘白，麗蕾特悲傷地想，露露這麼輕易就能崩潰，真是太可怕了。

「您今晚別太勞累。」她說。

「我累壞了，」露露說：「我希望皮耶能讓我早點回旅館，但他永遠無法理解這種事情。」

麗蕾特留在車內，要司機開到她家。她一度想去看電影，但興致已消失無蹤。她將帽子丟在椅子上，朝窗戶踏出一步。然而，吸引她的是床鋪，在暗影中全白、柔軟、微濕。她倒在床上，感受枕頭輕撫滾燙的雙頰。「我很堅強，是我為露露做了一切，而現在我獨自一人，沒有半個人來為我做點什麼。」她心中充滿對自己的憐憫之情，一陣啜泣如波濤湧至咽喉。「他們會離開這裡去尼斯，我不會再見到他們。是我給了他們幸福，但他們不會再想到我。而我，我會留在這裡，每天工作八小時，在布荷瑪珠寶店賣假珍珠。」淚水開始在臉頰汩汩流淌時，她任自己輕輕陷入床中。「在尼斯……」她哀傷哭泣，一面反覆想著：「在尼斯……在豔陽下……在蔚藍海岸的美景中……」

III

「吥！」

黑夜。彷彿有人走在房間裡。穿拖鞋的男人。他小心翼翼踏出一隻腳，接著是另一隻腳，卻無法避免地板的輕微嘎吱聲。他停下腳步，室內陷入片刻靜默，接著他突然轉移位置到房間另一端，再度開始那沒有目的的步行，像某種怪癖。露露很冷，被子太薄了。她大聲說：「吥！」因自己的聲音而感到害怕。

呸！露露心想，我很確定他現在正看著星空，他點燃一支香菸，他在屋外，他說過他喜歡巴黎夜空的淡紫色。他踩著碎步回到家裡，小步小步。他對我說過，當他做完那件事之後，他會覺得自己詩性大發，而且輕盈得像頭剛擠完奶的乳牛，他不再思考那件事——而我被弄髒了。此刻他萬分純淨，這我一點都不訝異，因為他把他的垃圾留在這裡，黑暗裡有一條因此完全濕透的擦手巾，而床單中央一片濡濕，害我沒辦法伸直雙腿，不然就會碰到濕答答的部分，而這個下流胚子，他全身乾爽，我聽見他離開時在我的窗戶下面輕聲吹口哨，他在樓下，乾燥、清爽，穿著他的漂亮華服，裹著他的春季外套，我得承認他很懂得打扮，和他交往的女人可以很驕傲，他在我的窗戶下面，而我在黑暗中全身赤裸，我很冷，我用雙手摩擦腹部，因為我以為自己還是全身濕透。「我上樓一下，只待一分鐘，」他說：「我只是想看看妳的房間。」他待了兩小時，而床嘎吱作響——這張該死的小鐵床。天知道他是怎麼找到這間旅館的，他說他曾在這兒住過十五天，我在這裡會很舒服，這裡的房間真古怪，我看了兩間，從沒看過這麼小的房間，而且房裡塞滿家具，有懶骨頭軟墊、沙發椅、小桌子，充斥性愛的臭味，我不知道他是否真的住過十五天，但他絕非獨自過夜。他讓我住進這裡，只能說他很不尊重我。我們上樓時，旅館服務生笑嘻嘻的，他是阿爾及利亞人，我討厭這些傢伙，我怕他們，他盯著我的腿，然後進去辦公室，他一定心想：「好了，他們在做那件事。」然後想像一些齷齪的事，聽說他們在那邊對女人做的事很恐怖，如果有個女的落入他們手中，她會瘸腿一輩子，而皮耶來糾纏我的時候，我一直想著這個阿爾及利亞人想著我正在做的事而他想像的是比現實更糟糕的下流勾當。房間裡有人！

露露屏住呼吸，但地板的嘎吱聲幾乎同時停止。她心想，我兩腿之間好痛，好癢，火辣辣的痛，我想哭，而接下來每晚都會如此，只有明晚除外，因為明晚我們還在火車上。露露咬緊嘴唇，開始顫抖，因為她想到自己剛才呻吟了。不對，她心想，我沒有呻吟，我只是呼吸聲大了一點，因為他很重，他壓住我時我不能呼吸。他對我說：「妳在呻吟，妳很享受。」我厭惡在做那件事時說話，我真希望我們能夠忘記對方，但他總不斷說些齷齪的話。我沒有呻吟，首先我就不可能享受那件事，這是既定事實，這是醫生說的，只有我自己能賦予自己快感。他不願相信我，他們從來不肯相信我，他們全都說：「那是因為妳的啟蒙經驗太糟，我呢，我會教妳如何快樂。」我就讓他們去講，我很清楚事情就是這樣，這是醫學上的問題，但我會因此得罪他們。

有人正在上樓。有人回來了。我的天哪，說不定是他回來了。如果他又再度想要的話，他是可以做到這個地步。這腳步聲很沉重，不是他，說不定（想到這裡，露露的心跳得猛烈）是那個阿爾及利亞人，他知道房裡只有我一個人，他會過來敲門，我沒辦法，我沒辦法忍受這種事，不對，腳步聲停在樓下，是有人回來了，他把鑰匙插進鎖孔，花上一大段時間才打開門，他喝得很醉，真不知道住在這間旅館的都是什麼人，一定都很「正派」，下午我在樓梯上遇見一名紅髮女子，她的眼睛看來就是個吸毒者。我沒有呻吟！但最後他當然還是用那些亂摸的伎倆搞得我心煩意亂，他很懂該怎麼做。我討厭懂這種事的男人，我寧願和處男上床。那些手往該去的地方直直前進，輕輕摩挲，微微按壓，又懂得不要太用力……他們把妳當做一種樂器，他們很驕傲自己懂得演奏。我討厭被擾亂，我喉嚨很乾，我很怕，我嘴裡有股味道，而且我很屈辱，因為他們以為他們支配了我。當皮耶擺出一副自命不凡的樣子說「我很有技巧」的時候，我真想打他一巴掌。我的老天爺，而人生就是如此，我們就是為了這檔事穿衣打扮、清潔梳洗、打扮得漂漂亮亮，每本小說寫的都是這檔事，而我們隨時都想著這件事，但最後其實不過如此，和一個男的進房間，他壓得妳喘不過氣，最後把妳的肚子弄濕。我要睡覺，噢！如果我有辦法睡一下就好了，明晚要徹夜旅行，我會疲憊不堪。我還是希望抵達時有點精神，可以在尼斯散步，聽說尼斯美極了，有義大利風格的小街，彩色的洗滌衣物在陽光下晾曬，我會架起畫架，在那兒畫畫，小女孩們會過來張望我在畫什麼。髒東西！（方才她稍微向前挪，臀部因此碰到床單上的潮濕液體）。他帶我去尼斯，只為了做這檔事。沒有人愛我。沒有人。他走在我身邊，我幾乎暈厥，我等他說些溫柔的話，他明明可以說「我愛妳」，我當然不會跟他回家，但我會對他說些好聽的話，我們會和平分手，我等著，我等著，而他握住我的手臂，我就讓他握著手臂，麗蕾特很生氣，他其實並不真的像猩猩，但我知道她心裡想的就是這種事，她用卑鄙的眼神旁觀他，她有時惡毒得讓人訝異，好吧，儘管如此，當他握住我手臂時，我沒有抵抗，但他要的並不是我，他要的是他的太太，因為他娶了我，因為他是我丈夫。他總是貶低我，總說他比我聰明，這一切都是他的錯，他不該高高在上對待我，如果他不是這個態度，我還會待在他身邊。我很確定他現在還不惋惜我，他不會哭，只會發牢騷，這就是他會做的事，而且他現在一定很開心，因為整張床都是他的，他可以伸直他的長腿。我想死。我好害怕他想著我的缺點，我什麼都不能向他解釋，因為麗蕾特夾在我們中間，她一直說話，一直說話，她看起來很歇斯底里。現在她可高興了，她讚許自己好有勇氣，但對手是像綿羊一樣溫順的亨利，真是太狡猾了。我要過去一趟。他們不能就這樣逼我離開他，像一條狗一樣。露露跳下床，轉開電燈，心想只要穿長襪和連身褲就可以了。她匆匆忙忙，連頭髮都沒梳，她心想，人們看到我時，並不會知道我是裸身裹著灰色外套，這件外套長至腳踝。那個阿爾及利亞人（她激昂的心跳驟然冷卻），我必須叫醒他，請他幫我開門。她躡手躡腳下樓，但樓梯仍然一階響過一階，她拍打辦公室的玻璃窗。

「有什麼事？」阿爾及利亞人說。

他雙眼微紅，頭髮如荊棘般雜亂，看來並不令人害怕。

「幫我開門。」露露冷淡地說。

一刻鐘過後，她按下亨利家的門鈴。

「誰？」亨利在門的另一邊問。

「是我。」

他一聲不吭，他不願讓我進家門，她這樣心想。但我會一直敲門，直到他開門，他會因為顧忌鄰居而讓步。過了一分鐘，門微微開啟，亨利出現了，他穿著睡衣，臉色慘白，鼻子上有一顆痘子。「他沒睡。」露露滿心柔情地想著。

「我不希望就這樣離去，我想再見你一面。」

亨利依舊什麼都不說。露露進門時，不得不稍微推開他。他多不自然啊，他總是擋路，露露心想，他雙眼圓睜瞪著我，雙臂搖搖晃晃，他不知該拿自己的身體怎麼辦。你別說話，讓開，閉嘴，我知道你情緒太激動，所以說不出話。他費力吞嚥口水，欲言又止，最後是露露負責將門關上。

「我希望能和平分手。」她說。

他張開嘴巴，似乎打算說話，他在原地倉促打轉，然後逃走了。他在做什麼？她不敢跟過去。他在哭嗎？突然她聽見他的咳嗽聲，他在廁所裡。當他回來時，她用雙臂挽住他的脖子，將自己的雙唇貼上他的雙唇。他聞起來有嘔吐物的氣味。露露嚎啕大哭。

「我好冷。」亨利說。

「我們睡吧，」她哭著提議，「我可以待到明天早上。」

他們就寢，露露哭得全身顫抖，因為她回到了她的房間，她那乾淨美麗的床，還有窗玻璃上的紅色微光。她以為亨利會將她擁進懷裡，但他什麼都沒做，他直挺挺躺著，像有人在床上擺了一根木樁。他像和瑞士人交談時一樣僵硬。她用雙手捧著他的頭，定定看著他，心想「你很純真，你這個人很純真」。他開始哭泣。

「我好痛苦，」他說：「我從來沒有這麼不幸。」

「我也是。」露露說。

他們哭了很長一段時間。過了一陣子，她關燈，將頭靠在他的肩膀上。若能永遠保持這樣該有多好，既純粹又悲傷，像兩名孤兒。但那是不可能的，生命中不會發生這種事。人生是一道大浪，即將撲向露露，將她從亨利懷中帶走。露露想著，你的手，你的大手。他對自己這雙大手深感驕傲，他說古老家族的後代都是大手大腳。他不會再用雙手環繞我的腰，他這樣做時我會有點癢，但我很得意，因為他兩隻手的手指幾乎可以相互碰觸。他並不是真的陽痿，他是純真。純真——而且有點懶惰。她哭著微笑，從下方親吻他的下巴。

「我該怎麼告訴我父母？」亨利說：「這會要了我母親的命。」

才不會呢，克里斯班太太反而會洋洋得意。他們會在吃飯時聊到我，一家五口擺出責難的嘴臉，就像某些人什麼都知道，卻不肯全盤托出，因為小女生才十六歲，還太年輕，不該在她面前談論某些事。克里斯班太太會在心中哈哈大笑，因為她會知道一切，她永遠知道一切，而且她討厭我。真是一團爛泥！事情的表象對我不利。

「你別立刻告訴他們，」她懇求道：「就說我因為健康因素去了尼斯。」

「他們不會相信我。」

她以一連串短促的輕吻，到處親吻亨利臉頰。

「亨利，你對我不夠好。」

「這是真的，」亨利說：「我對妳不夠好。但妳也一樣，」亨利深思著說：

「我對你也不夠好。噢！」露露說，「我們多不幸啊！」

她哭得太激烈，以為自己要窒息了。不久之後就是破曉時分，然後她就要

「妳對我也不夠好。」

離去。人永遠、永遠無法做自己想做的事，只是隨波逐流。

「妳不該就這樣離開。」亨利說。

露露嘆了口氣。

「亨利，我曾經很愛你。」

「那現在呢，妳不愛我了嗎？」

「現在不一樣了。」

「妳和誰一起走？」

「一些你不認識的人。」

「妳怎麼會認識我不認識的人？」亨利憤怒地說：「妳在那裡和他們見面？」

「算了吧，我親愛的，我的小格列佛，你不會偏偏要在此刻扮演丈夫的角色吧？」

「妳要和男人一起走！」亨利哭著說。

「亨利，你聽好，我以我媽的頭向你發誓，不是這樣的，現在男人太讓我作嘔了。我和一戶人家一起走，他們是麗蕾特的朋友，都是上了年紀的人。我想要獨自生活，他們會幫我找到工作。噢！亨利，如果你知道我有多需要獨自生活，如果你知道這一切多讓我作嘔。」

「是什麼？」亨利說：「什麼讓妳作嘔？」

「一切！」她親吻他。「親愛的，只有你不讓我作嘔。」

她把手伸進亨利的睡衣底下，久久撫摸他的全身，她冰涼的雙手讓他顫抖，但他任由她這樣做。

「妳這樣講，我是不會高興的。」他只說了一句。

在他心中，想必有什麼東西破碎了。

清晨七點，露露起身，雙眼因哭泣而浮腫，她疲倦地開口。

「我得回那裡去。」

「回哪裡？」

「我住在馮達默街的劇院旅館。很髒的旅館。」

「留在我身邊。」

「不，亨利，求你不要堅持，我已經告訴過你，我不可能留下來。」

她心想：「浪濤將你帶走，人生就是這樣。我們無法論斷什麼，也沒辦法理解什麼，只能隨波逐流。明天我就在尼斯了。」她進入盥洗室，將眼睛泡進溫水。她顫抖著穿回外套。「就像命運的必然性。但願今夜我能在火車裡睡著，不然抵達尼斯時就精疲力盡了。我希望他買了頭等廂的車票，這會是我第一次搭頭等廂旅行。事情總是這樣：我夢想頭等廂長途旅行已經好多年，而終於成真的這一天，一切卻是如此，讓我幾乎不再因此喜悅了。」如今，她巴不得趕快離開，因為最後的時光很讓人難以忍受。

「那個威爾斯人，你要怎麼辦？」她問。

威爾斯人向亨利訂了一幅海報，亨利已經完成，但現在威爾斯人卻不要它了。

「我不知道。」亨利說。

他蜷縮在被子下面，只露出頭髮和一截耳朵。

「我想連續沉睡八天。」他以緩慢而癱軟的聲音說。

「別了，我親愛的。」露露說。

「別了。」

她彎下腰，稍稍挪開被子，親吻他的額頭。她在樓梯間站了很久，無法決定該不該關上公寓的門。過了一陣子，她別開雙眼，猛力拉上門把。她聽見一聲清脆的聲響，以為自己要昏倒了。這感受似曾相識，當她父親的棺木被擲上第一鏟土時，她也有這種感覺。

「亨利真不體貼。他總可以起床送我到門口。如果將門關上的人是他，我應該會沒那麼哀傷。」

IV

「她竟然這樣做！」麗蕾特看著遠方說：「她竟然這樣做！」

此時已是晚上。六點左右，皮耶打電話給麗蕾特，她便前來多摩咖啡館見他。

「但是，」皮耶說：「您不是和她約好九點左右碰面嗎？」

「我有和她見面。」

「她看起來沒有異狀？」

「沒有啊，」麗蕾特說：「我什麼都沒注意到。她有點累，但她說那是因為她沒睡好，她說她在您離開之後，因為想著即將造訪尼斯而興奮不已，而且她有點怕那個阿爾及利亞服務生……噢，對了，她還問我認不認為您買的火車票是頭等廂，她說搭頭等廂旅行是她一輩子的夢想。不，」麗蕾特斷言：「我很肯定她腦子裡沒有這類的想法，至少我去找她的時候還沒有。我和她聊了兩小時，我對這種事情的觀察力是很敏銳的，不可能漏看什麼異狀。您一定會說她藏得很好，但我已經認識她四年，見過她在各種情況的模樣，我對露露瞭若指掌。」

「那就是泰席耶夫婦讓她做出這個決定。真詭異……」他沉思一陣，接著突然說：「不知道是誰給了他們露露的地址。旅館是我選的，在這之前，露露從沒聽過這間旅館。」

他心不在焉把玩手中那封露露的信，麗蕾特很惱火，因為她想讀，但他卻沒提議讓她瞧瞧。

「您是什麼時候收到的？」最後她這樣問。

「這封信？」他直接將信遞給她。

「拿去，您可以讀。大概是一點左右送到門房那兒的。」

那是一張薄薄的紫色信箋，就像雜貨店會賣的那種：

我最親愛的：

泰席耶夫婦過來找我（我不知道是誰給了他們地址），而我要告訴你一件痛苦的事，我不離開了，我的愛，我親愛的皮耶，我要留在亨利身邊，因為他太痛苦。泰席耶夫婦今天早上去看他，他不願開門，泰席耶太太說他已不成人形。他們對我很好，也很體恤我想離開的原因。泰席耶太太說這一切都是亨利的錯，說他像熊一樣孤僻，但說穿了他並不壞。她說亨利非得遇上這種情形，才能理解他有多重視我。我不知道是誰給了他們我的地址，他們沒說，他們大概是今天早上碰巧看見我和麗蕾特走出旅館吧。泰席耶太太對我說，她很清楚她這樣要求，是要我做出極大的犧牲，但她說她很了解我，她知道我不會逃避。我的愛，我很遺憾我們美好的尼斯之旅不能成行，但我想你終究不比亨利悲慘，因為你依舊擁有我。我的身心全部都是你的，而且我們會和以前一樣經常見面。但亨利如果沒有了我，他會自殺，我對他而言是不可或缺的。我向你保證，背負這麼大的責任，我並不好受。我希望你可別擺臭臉來嚇我，你不希望我心生怨恨吧。我待會就會回亨利家，一想到我要看見他這個樣子，我就有點反感，但我會有勇氣提出我的條件。首先我要爭取更多的自由，因為我愛你，而且我要他別再去煩羅伯特、別再說我媽媽的壞話。親愛的，我好悲傷，我好希望你在這裡，我想要你，我緊貼著你，感受你撫摸我的全身。我明天五點會去多摩咖啡館。

露露

「我可憐的皮耶！」

麗蕾特握住他的手。

「我告訴您，」皮耶說：「我是為了她感到遺憾！她需要陽光和新鮮空氣。但既然她這樣決定……我母親大發雷霆，她的反應非常激烈。」他說：「別墅是她的，她不希望我帶女人過去住。」

「啊？」麗蕾特結結巴巴地說：「啊？那就太好了，皆大歡喜！」

她放下皮耶的手。不知為何，她感覺心中滿溢一股苦澀的遺憾。

一個領袖的童年

L'enfance d'un chef

「我穿小天使戲服的樣子非常可愛。」他心想。波提耶太太對媽媽說：「您的小男孩真是太討人喜歡了。他穿小天使戲服的樣子真可愛。」布法迪耶先生將呂希昂拉至兩膝之間，輕撫他的雙臂。「是個真正的小女孩呢，」他笑著說：「妳叫什麼名字？賈克琳、呂希昂妮、瑪歌？」呂希昂滿臉通紅，回道：「我叫呂希昂。」他已經不敢完全肯定自己真的不是小女孩，好多人親他的臉向他問好時，都叫他小姐；大家都覺得他戴著薄紗翅膀、身穿藍色長洋裝、裸露雙臂、金髮弄得捲捲的樣子很迷人。他很怕人們突然決定，他不再是個小男生了。就算他抗議，也沒有人會聽，他將只有在睡覺時才能脫下那件洋裝，而早上醒來時，他會在床腳發現它，白天當他想尿尿時，他就必須像個姑娘一樣掀起裙子，坐在他的腳跟上。所有人都會跟他說：我親愛的漂亮小小姐。或許現在已經是這樣了，我就是一個小女孩。他覺得內心好溫暖，而且有點噁心，他嘴裡發出的聲音像笛聲，他用溫柔的姿勢送花給所有人，他想親吻自己手臂的肘彎。他想著：這不是來真的。他喜歡事情只是假裝而已，但狂歡節的最後一個星期二那天，他玩得特別開心。他被打扮成小丑，和理理一起尖叫著跑來跳去，接著兩人一起躲進桌子下面。他媽媽用長柄眼鏡輕輕拍他一下。「我以我的小男孩為傲。」她很壯碩、很美麗，是所有女士中最圓潤、最高大的。當他經過鋪著白色桌巾的長餐台時，他爸爸正在喝香檳。爸爸將他舉起來說：「小娃兒！」呂希昂很想哭，想說：「噯！」他要了橘子水，因為那冰冰涼涼的，而且人家不准他喝。但他們還是在一個小小的杯子裡倒了兩指的高度，嚐起來黏糊糊的，而且一點都不像看起來那樣冰涼，呂希昂想到他生病時吞嚥的蓖麻油橘子水。他嚎啕大哭，同時覺得像這樣坐在車裡，夾在爸爸媽媽中間，是一件很安慰的事。媽媽緊緊抱住呂希昂，她的身子很溫暖，噴了香水，全身都是絲綢。有時候汽車裡面會變成白色，像粉筆的顏色，呂希昂眨眨雙眼，媽媽上衣配戴著的紫羅蘭從陰影處浮現，呂希昂突然聞到它的味道。他還有點抽抽噎噎，但又覺得懶洋洋的，癢癢的，幾乎有點黏黏的，像那杯橘子水一樣。他好想在他的小浴缸裡玩水，讓媽媽用橡膠海綿幫他洗澡。他被准許睡在爸爸媽媽的房間，就像他還是嬰兒的時候一樣。他笑呀笑，搖得小床的彈簧嘰嘰作響，然後爸爸說：「這孩子興奮過度。」他喝了一點橘子花汁，看見爸爸沒穿外衣。

隔天，呂希昂很確定自己忘記了什麼事。昨夜的夢他記得很清楚：爸爸和媽媽穿著天使的長袍，呂希昂光溜溜坐在便盆上，他敲著鼓，爸爸媽媽在他身邊飛來飛去。那是個惡夢。但是，在這場夢之前，發生了別的事，呂希昂一定在夜裡醒來過。當他試著回想時，他看見一條長長的黑色隧道，隧道被一盞藍色小燈照亮，那盞燈和他爸媽房裡晚上會點的小夜燈一模一樣。在陰暗的藍色的夜晚深處，發生了什麼事——一件白色的事。他坐在地上，坐在媽媽腳邊，拿起他的鼓。媽媽對他說：「我的寶貝，你為什麼這樣看我？」他低垂雙眼敲打他的鼓，一面大叫：「碰，碰，搭啦啦碰。」但當她轉過頭時，他又開始仔仔細細盯著她瞧，彷彿他是第一次看見她。藍色的洋裝配上布做的玫瑰，這他都很熟悉，那張臉他也很熟悉。但已經和從前不一樣了。突然之間，他以為他懂了，只要再稍微想一下，就會找到他要找的東西。隧道變亮，被蒼白的灰色陽光照亮，有什麼東西正在攪動著。呂希昂害怕起來，尖叫一聲，隧道消失了。「親愛的小寶貝，你怎麼了？」媽媽說。她跪在他身邊，一臉擔憂。「我在玩。」呂希昂說。媽媽聞起來很香，但他害怕被她摸到。呂希昂覺得媽媽看起來很奇怪，而且，爸爸也是。他決定他永遠都不要再去他們的房裡睡覺了。

接下來的日子裡，媽媽什麼都沒發現。呂希昂像平常一樣，隨時都躲在她的裙子底下，像個真正的小男人那樣和她閒聊。他要媽媽跟他講〈小紅帽〉的故事，她便讓他坐在她的腿上。她對他講起大野狼和小紅帽的奶奶，她舉高手指，一臉微笑而又萬分認真。呂希昂看著她，問她：「然後呢？」有時他會觸摸她脖子上的小撮髮綹，但他其實沒在聽，他在想，她是不是他真正的媽媽。

當她說完故事之後，他對她說：「媽媽，跟我說妳還是小女孩時的事。」接著媽媽就說了起來，但或許她在說謊。或許她從前是個小男生，但有人在她身上套上洋裝（就像之前那天晚上的呂希昂），接著她就繼續穿著這些裙子，來假裝自己是女生。他輕柔地觸摸媽媽美麗的手臂，絲綢下面像奶油一樣柔軟的手臂。如果有人脫掉媽媽的洋裝，讓她穿上爸爸的長褲的話，那會怎樣？或許媽媽就會馬上長出黑色的鬍子。呂希昂使盡全身力量，緊緊抱住媽媽的手臂。他覺得媽媽好像會在他眼前轉變成一頭可怕的野獸——或是變成有鬍子的女人，像園遊會裡的那個女人。她笑了，嘴巴張得大大的，呂希昂看見她粉紅色的舌頭和喉嚨深處，好髒，他想往裡面吐口水。「哈哈哈！」媽媽說：「我的小男人，你抱得真緊！緊緊抱住我。你有多愛我，就抱得多緊。」她的手很美，戴著銀色戒指，呂希昂抓起一隻手，親個不停。但到了隔天，由於她坐得很近而且握著他的手，在他蹲便盆時對他說：「用力，呂希昂，用力，我的小寶貝，我求求你。」他突然不再用力，有點氣喘吁吁地問她：「但妳真的是我真正的媽媽嗎？」她回答：「小傻瓜。」然後問他是不是快大出來了。從這天起，呂希昂就深深確定她在演戲，他從此不再告訴她，他長大以後要娶她。但他不太知道這齣戲是怎麼回事——說不定，就在他看見隧道的那個夜裡，有小偷將床上的爸爸媽媽給偷走，並用現在這兩個來代替他們。又或者他們的確是真正的爸爸媽媽，但他們在白天扮演一種角色，夜裡則是完全不同的模樣。呂希昂對此幾乎不訝異，聖誕夜當晚，他突然驚醒，看見他們將玩具放在壁爐裡。隔天他們說是聖誕老人放的，呂希昂假裝相信他們，他認為他們的角色就是這樣，那些玩具一定是偷來的。二月，他得了猩紅熱，覺得很好玩。

痊癒之後，他開始習慣玩扮演孤兒的遊戲。他坐在草皮中央，在栗子樹下用雙手捧著泥土，心想：「我是個孤兒，名叫路易。我已經六天沒吃東西。」女傭婕嫚叫他過去吃午飯，他在餐桌上繼續玩這遊戲，爸爸媽媽什麼都沒發現。他被小偷收養，他們想將他培養成一名扒手。吃完午飯之後，他就會逃跑，去告發他們。他吃得很少，也喝得不多，因為他在《守護天使之家》❶當中讀到，一個人飢餓很久之後的第一餐，不應該吃太多。這樣很好玩，因為所有人都在演戲。爸爸和媽媽假裝扮演爸爸媽媽的角色；媽媽假裝苦惱，因為她的小寶貝吃得這麼少；爸爸假裝讀報紙，有時假裝在呂希昂面前邊搖著手指邊說：「小娃兒，啪嗒碰！」而呂希昂也在假裝，但是到最後，他不太清楚自己在假裝什麼，是扮演孤兒呢？還是扮演呂希昂？他看著裝水的玻璃瓶。一道小小的紅光在水底舞動，簡直要令人信誓旦旦地說，爸爸的手就在水瓶裡，又大又亮，手指上有黑黑細細的毛。呂希昂突然覺得，水瓶也在假裝扮演水瓶。結果午餐他幾乎沒吃，下午餓得發慌，不得不偷吃十幾顆李子，差點消化不良。他覺得自己受夠扮演呂希昂了。

但他無法阻止自己，而且他覺得自己無時無刻不在玩這個假裝遊戲。他真

❶ 譯註：《守護天使之家》（*L'Auberge de l'Ange gardien*），賽居爾侯爵夫人（la comtesse de Ségur，本名 Sophie Rostopchine，1799 ～ 1874）於 1863 發表的兒童小說。

希望能像布法迪耶先生一樣，他好醜，又好認真。布法迪耶先生來家裡吃晚餐時，彎腰親吻媽媽的手，一面說：「親愛的女士，我向您致敬。」而呂希昂在客廳中央站定，以欽佩的心情看著他。但是呂希昂身上發生的事，沒有一件是認真的。當他跌倒撞疼的時候，他有時會停止哭泣，心想：「我真的覺得痛嗎？」於是他覺得更加悲傷，哭得比剛才更大聲。當他親吻媽媽的手，一面說：「親愛的女士，我向您致敬」時，媽媽將他的頭髮撥亂，告訴他：「這樣不好，我的小可愛，你不該嘲笑大人」，他覺得好氣餒。只有在每個月的第一個星期五和第三個星期五，他才能感受自己有一點點的重要性。這些日子裡，會有很多女士來拜訪媽媽，其中總有兩三個正在服喪。呂希昂喜歡服喪的女士，尤其是腳很大的那些。他通常很喜歡跟大人待在一起，因為大人是那麼體面——你不會想去想像他們和小男孩一樣尿床，而且因為他們身上穿著那麼多件衣服，衣服的顏色又那麼深，你無法想像衣服下面有什麼東西。大人聚在一起的時候什麼都吃，他們交談，連笑聲都很低沉，像彌撒的時候一樣美。他們將呂希昂當作重要人物來對待。庫芳太太將呂希昂抱到她腿上坐著，摸摸他的小腿肚，如此宣告：「這是我見過最漂亮的小可愛。」她問他喜歡什麼、親他、問他以後想要做什麼。有時他會說他要成為像聖女貞德一樣的大將軍，說他會從德國人手中奪回亞爾薩斯─洛林省；有時他想當傳教士。每次他這樣說的時候，他都相信自己說的話。貝斯太太又高又強壯，臉上有一點鬍子。她會把呂希昂頭下腳上顛倒翻過來，還會邊搔他癢邊說：「我的小娃娃。」呂希昂好開心，他盡情大笑，因貝斯太太搔癢而扭來扭去。他想著自己是個小洋娃娃，一個迷人的小洋娃娃，專供大人把玩，他好希望貝斯太太脫掉他的衣服、幫他洗澡、把他擺進一個小小的搖籃哄他睡覺，像照顧一個橡膠嬰兒一樣。有時貝斯太太會說：「我的娃娃會講話嗎？」並突然按壓他的肚子。於是呂希昂假裝自己是一個機械玩偶，用彷彿被掐住脖子的聲音說：「嘰。」接著兩人一起大笑。

每個星期六都來家裡吃午餐的神父先生，問呂希昂愛不愛他媽媽。呂希昂很喜歡他漂亮的媽媽，還有強壯又善良的爸爸。他看著神父先生的眼睛回答：「愛。」他的小臉表情很逞強，逗笑了所有人。神父先生的臉像覆盆子一樣又紅又充滿顆粒，每一顆上面都有一根毛。他對呂希昂說，這樣很好，他必須永遠愛他媽媽。接著他問呂希昂比較喜歡媽媽還是上帝。呂希昂一時不知如何回答，他開始搖晃他的捲髮，在空中亂踢，一面大嚷：「碰，搭啦啦碰。」接著大人繼續他們的對話，彷彿他不存在似的。他跑進花園，拿著他的藤製小手杖，從後門溜到外面。當然，呂希昂絕對不可以從花園走到外面，那是禁止的。一般來說，呂希昂是個很乖的小男孩，但這天他想反抗。他疑惑地看著眼前的大片蕁麻灌木叢，那很明顯是個禁止進入的地方。圍牆泛黑，蕁麻是壞心眼的危險植物，蕁麻下面有一隻狗狗的便便。空中瀰漫植物的味道、狗大便和熱紅酒的味道。呂希昂用他的手杖拍打蕁麻，一面大喊「我愛我媽媽，我愛我媽媽」。斷裂的蕁麻悲慘地懸吊著，白色液體汩汩流淌，它們的脖子毛茸茸的、白白的，折斷時變成一絲一絲，他聽見一個聲音孤伶伶嚷著：「我愛我媽媽，我愛我媽媽」。有隻藍色的大蒼蠅發出嗡嗡聲，是便便蒼蠅，呂希昂很怕牠們——一股禁忌的、充滿力量的、既腐臭又平靜的氣味，填滿了他的鼻腔。他再度重複：「我愛我媽媽。」但他的聲音聽起來好奇怪，心中湧現一股駭人的恐懼，他一口氣逃回客廳。從這一天開始，呂希昂明白了，他並不愛他媽媽。他沒有罪惡感，但他的親切體貼從此倍增，因為他認為自己必須一輩子假裝愛自己的父母，不然的話，就會被當成壞男孩。馥樂里葉太太覺得呂希昂變得日益溫柔，這年夏天戰爭爆發，爸爸上戰場打仗，媽媽雖然悲傷，但也感到欣慰，因為呂希昂是如此貼心。下午在花園裡，當她因為太難受而在折疊式帆布躺椅上休息時，他會跑去幫她拿一個靠墊回來枕在她的頭下面，不然就是在她腿上蓋一條被子，她會笑著辯白：「這樣我會太熱，我的小男人，你太體貼了！」他會熱烈地親吻她，上氣不接下氣對她說：「我的媽媽！我的！」然後去坐在栗子樹下。

他說「栗子樹！」然後默默等待。但什麼事都沒發生。媽媽躺在遊廊下面，在令人窒息的沉默感壓迫下，顯得好小好小。空氣中有夏日植物的味道，他其實可以假裝自己是原始叢林的探險家，但呂希昂已經沒有心情玩假裝遊戲了。空氣在牆壁的紅色屋脊上方顫動，太陽在地上和呂希昂的手上映射滾燙的光點。「栗子樹！」真是太讓人震驚了，當呂希昂對媽媽說「我漂亮的媽媽」時，媽媽會微笑；而當他稱呼婕嫚「鳥嘴銃」時，婕嫚哭了，還去向媽媽告狀。但當你說「栗子樹」，卻什麼都不會發生。他輕聲嘀咕「壞蛋樹」。他不太心安，但既然樹一動不動，他於是大聲重複：「壞蛋樹，討厭的栗子樹！你等著，你等著瞧！」接著他踢了栗子樹幾腳。但那棵樹依舊沉靜，沉靜——彷佛它是木頭做的。那天晚餐時，呂希昂告訴媽媽：「媽媽妳知道嗎？樹呢，是用木頭做的。」同時擺出驚訝的表情，媽媽很喜歡他這樣。但中午郵差送信來時，馥樂里葉太太沒收到信。她冷淡地說：「你別搗蛋。」呂希昂成了一個小破壞王。他弄壞他所有玩具，因為想看看它們是怎麼做的；他拿爸爸的舊剃刀，劃破一張扶手椅的扶手；他摔破客廳的塔納格拉古董陶像，因為想知道它是不是空心的、裡面有沒有別的東西；外出散步時，他用他的手杖敲斷植物、打落花朵；每次他都非常失望，這些東西真蠢，它們其實並不真的存在。媽媽經常指著樹木和花，問他：「這叫什麼名字？」但呂希昂搖頭回答：「這什麼都不是，這沒有名字。」這一切都不值得費心注意。拔掉蚱蜢的腳就有趣多了，因為牠會像陀螺一樣，在你的指間震動，如果壓牠的肚子，會流出像黃色奶油的黏液。但蚱蜢畢竟不會尖叫。呂希昂真想折磨一隻會痛得慘叫的動物，譬如一隻母雞，但他不敢接近牠們。三月，馥樂里葉先生自戰場返家，因為他是一名廠長，而將軍對他說，他在自己的工廠裡擔當領袖，會比在誰都可以待的戰壕裡有用許多。他覺得呂希昂變得很不一樣，說他認不出他的小娃兒了。呂希昂陷入一種昏昏欲睡的遲鈍狀態，他回話時有氣無力，總是在挖鼻孔，不然就是朝著自己的手指吹氣然後開始嗅聞，而且非要別人苦苦哀求，他才肯去上大號。現在他會自己去洗手間，他得把門半掩，媽媽和婕嫚會不時過來鼓勵他。他會在馬桶上面連續坐好幾個小時，有一次他太無聊，因此睡著了。醫生說他成長得太快，開了一些補品給他吃。媽媽想教呂希昂一些新遊戲，但呂希昂覺得他現在這樣玩得很開心，他認為所有遊戲到最後都一樣，都是一樣的東西。他常擺臭臉，這也是一種遊戲，但很好玩。讓媽媽難受，感覺自己既悲傷又愛記仇，嘴巴緊閉、雙眼迷濛，變得有點耳聾，但內心深處卻暖和又怕痛，就像晚上躲在被窩裡嗅聞自己的味道，在世上獨自一人。呂希昂再也無法擺脫他的臭臉，當爸爸用嘲弄的口吻說：「你臉臭臭」的時候，呂希昂就哭著在地上打滾。訪客來找媽媽時，他還是常去客廳，但自從他的捲髮被剪掉之後，大人們就比較少關心他，不然就是對他說教、講一些有教育意義的故事。當他的表哥理理和漂亮的貝荷特阿姨前來費羅勒鎮（Férolles）躲空襲時，呂希昂非常高興，他試著教理理怎麼玩。但理理只忙著痛恨德國士兵，而且他乳臭未乾，雖然他比呂希昂年長六個月。他臉上總有麥麩殘留的碎屑，而且常常搞不清楚狀況。儘管如此，呂希昂還是告訴他一個祕密，說自己是夢遊症患者。有些人會在夜裡爬起來，一邊睡覺一邊走路、講話，這是呂希昂在《小探險家》（*Le Petit Explorateur*）中讀到的，他覺得一定有一個真正的呂希昂，在夜裡走路、講話、真心喜愛父母。只是一到早上，他就忘記一切，重新開始假裝扮演呂希昂。一開始，這想法呂希昂只相信一半，但有天他們走到蕁麻叢附近，理理露出他的雞雞給呂希昂看，對他說：「你看它多大啊，我是個大男孩。等它長得夠大，我就是個男人，我會去壕溝裡和德國兵打仗。」呂希昂覺得理理很奇怪，不禁狂笑一陣。「來看看你的。」理理說。他們相互比較，呂希昂的比較小，但理理作弊，他有用手拉長。「我的比較大。」理理說。「對，但我是夢遊症患者。」呂希昂平靜地說。理理不知道什麼是夢遊症患者，呂希昂只得向他解釋一番。講完後，他心想：「所以我真的是夢遊症患者。」他突然非常想哭。由於他們睡在同一張床上，於是兩人講好，接下來的夜晚讓理理保持清醒，在呂希昂起來時好好觀察他，並記住呂希昂到時會說的每一句話。「過一段時間之後，你就把我叫醒，」呂希昂說：「看看我會不會記得我做的一切。」到了晚上，呂希昂睡不著，卻聽見理理高聲打呼，不得不叫醒理理。「尚吉巴群島！」理理說。「你醒醒，理理，你得在我起來時看著我。」「讓我睡覺。」理理口齒不清。呂希昂搖晃他，將手伸到他的睡衣下面捏他，於是理理開始揮舞手腳，雙眼圓睜，保持清醒，臉上掛著怪異的微笑。呂希昂想著爸爸應該要買給他的腳踏車，他聽見火車頭的汽笛聲，接著婕嫚突然走進房間，拉開窗簾，已經早上八點了。呂希昂永遠不知道他昨晚做了什麼。上帝知道，因為祂能看到一切。呂希昂跪在祈禱用的跪凳上，努力表現得很乖，好讓媽媽在彌撒結束時讚美他，但他討厭上帝，因為上帝比呂希昂知道更多關於他自己的事。上帝知道呂希昂不愛媽媽也不愛爸爸，知道他假裝乖巧，知道他夜裡在床上摸自己的雞雞。幸好上帝無法記住一切，因為世界上有太多小男孩。當呂希昂拍打自己額頭說「琵寇丹」的時候，上帝就會立刻忘記祂看見的一切。呂希昂也開始試著說服上帝，說他其實是愛媽媽的。有時候，他在腦海中自言自語：「我多愛我親愛的媽媽啊！」他心中總有個小角落不太相信這件事，而上帝自然會看見這個小角落。在這個情形之下，贏的人是祂。但有時你會全神貫注於自己所說的話。你很快地唸「噢！我多愛我親愛的媽媽啊」，咬字清晰地唸，眼前浮現媽媽的臉，覺得自己被感動了，隱隱約約、模模糊糊地想著上帝正在觀看，然後甚至不再去想這件事，因為滿腔溫柔而變得像奶油一樣，接下來耳中出現一些跳舞的句子：媽媽，媽媽，**媽媽**。**當然**，那只持續短短一下子，就像呂希昂試圖將椅子放在兩隻腳上面保持平衡的時候一樣。但如果在那一刻，你說出「琶寇打」，上帝就會重新來過，祂眼中看見的只有善，只有好事會永久留存在祂的記憶之中。但呂希昂對這遊戲感到厭倦，因為要付出太多精力，而且到最後，他永遠不知道上帝究竟是贏了還是輸了。呂希昂不再關心上帝的事。當他第一次領聖體的時候，神父先生說呂希昂是整個教區中最乖巧最虔誠的小男孩。呂希昂理解得很快，記憶力也很好，但腦子裡滿是迷霧。

星期天，當呂希昂和爸爸走在鎮上的巴黎大道上時，這團濃霧散開了。他穿著他那件好看的小海軍服，路上遇見爸爸工廠的一些工人，他們對爸爸和呂希昂問好。爸爸走近他們，他們說「日安，馥樂里葉先生」，還有「日安，我的小先生」。呂希昂很喜歡工人，因為他們是大人，卻又和其他大人不一樣。首先，他們會叫他先生。而且他們頭戴鴨舌帽，胖胖的雙手指甲剪得很短，看來總是飽經滄桑、滿是龜裂。他們很有責任感，很值得尊敬。可不能去拉扯老布利格的鬍子，不然爸爸會罵呂希昂。但是老布利格對爸爸說話時會摘下他的鴨舌帽，而爸爸和呂希昂則繼續戴著帽子。爸爸扯開嗓門說話，聲音充滿笑意卻又帶點粗魯：「怎麼，老布利格，我們可等著您的兒子小布利格呢，他什麼時候可以休假？」「月底，馥樂里葉先生。感謝您，馥樂里葉先生。」老布利格看來是如此喜悅，他可不會准許自己打呂希昂的屁股並叫他癩蛤蟆，但布法迪耶先生就會這樣。呂希昂討厭布法迪耶先生，因為他好醜。但呂希昂看見老布利格的時候，他軟化下來，希望能當個好人。有一回散步結束回家後，爸爸讓呂希昂坐在他腿上，向呂希昂解釋擔任領袖是怎麼回事。呂希昂想知道爸爸在工廠時是怎麼對工人說話的，於是他向呂希昂展示應該採取什麼態度，而他此時的聲音和平時完全不同。「我以後也會成為領袖嗎？」呂希昂問道。「當然，我的小子，我是為了這個原因而生你的。」「那我會指揮誰？」「這個嘛，等我死了之後，你就會是我工廠的老闆，你會指揮我的工人們。」「但到時候他們也死了。」「這樣的話，你就指揮他們的孩子，你必須懂得如何讓人服從你、敬愛你。」「那我要怎麼讓人敬愛我，爸爸？」爸爸想了一會兒，然後說：「首先，你要知道他們所有人的名字。」呂希昂深受震撼，當工頭莫黑勒的兒子來家裡告訴他們，莫黑勒被切斷兩隻手指頭時，呂希昂一臉莊重而聲調輕緩地對他說話，同時深深直視他的雙眼，並叫他莫黑勒。媽媽說她很驕傲，自己有個如此善良而又這麼有同情心的小男孩。在這之後，停戰了，爸爸每晚高聲朗讀報紙，所有人都在談論俄國人、德國政府，還有賠償的事，爸爸在地圖上指出不同國家給呂希昂看，呂希昂就這樣度過他這輩子最無聊的一年，他還比較喜歡打仗的時候，現在大家看起來都無所事事，而寇芳太太先前眼中閃耀的光芒，如今已經熄滅。一九一九年十月，馥樂里葉太太讓呂希昂進入聖若瑟學校，以非住宿生的身分就讀。

杰侯梅修士老師的辦公室好熱。呂希昂站在修士老師的扶手椅旁邊，他將雙手放在背後，覺得無聊至極。「媽媽不能快點離開嗎？」他心想。但馥樂里葉太太還沒打算要走。她坐在一張綠色扶手椅的邊緣，偌大的胸脯朝向修士老師，她說得飛快，嗓音如樂聲起伏，正如她每次試圖掩飾憤怒時的樣子。修士老師說話很慢，字句在他嘴裡彷彿比在別人嘴裡來得長，簡直像是被他吸吮之後才吐出來，像麥芽糖一樣。他向媽媽解釋說，呂希昂是個很有禮貌的好小孩，也很用功，但對一切都漠不關心，而馥樂里葉太太則回答他：她很失望，她以為換個環境會對他有益。她問他呂希昂是否至少會在下課時間玩耍。「唉！太太，」神父回道：「就連遊戲，他似乎都不感興趣。他有時好動愛鬧，甚至可說有暴力傾向，但他很快就會厭倦。我想他缺乏毅力。」呂希昂心想：「他們在講我。」他們是兩個大人，而呂希昂是他們的話題中心，就像戰爭、德國政府或彭加勒先生❷一樣。他們一臉嚴肅，爭論著呂希昂的事。然而，這樣

❷ 譯註：雷蒙・彭加勒（Raymond Poincaré，1860 ～ 1934），法國政治家，曾任法國總統（1913 ～ 1920）、法國總理（1912 ～ 1913；1922 ～ 1924；1926 ～ 1929）。

想並不讓他開心。他耳中充斥媽媽如歌聲起伏的細碎字句，還有修士老師黏糊糊的、吸吮過的字句，他很想哭。幸好鐘聲響起，他重獲自由。但是上地理課時，他還是煩躁不安，他請賈崗修士老師准許他去上廁所，因為他需要動一動。

新鮮空氣、獨處、還有廁所的氣味，讓他冷靜了下來。他沒有便意，蹲下來只是以防萬一。他抬起頭，開始讀那些寫滿整扇門的句子。有人用藍色蠟筆寫了：「巴赫陶是一隻小臭蟲。」呂希昂微笑，因為巴赫陶的確像隻臭蟲，矯小得不得了，聽說他以後會再長高一點，但和現在幾乎不會有差別，因為他爸爸很矮，幾乎是個小矮人。呂希昂心想，不知道巴赫陶有沒有看到這句話。應該沒有，有的話，這句話早就被巴赫陶擦掉了。巴赫陶會舔舔自己的手指，不斷擦拭牆壁，直到這些字完全消失。呂希昂想像那畫面，覺得有點開心：巴赫陶在四點走進廁所，脫下他的絲絨小褲褲，讀到這句：「巴赫陶是一隻小臭蟲。」或許他從沒想過自己有這麼矮。呂希昂決定，從明天早上的下課時間開始，要叫他「臭蟲」。他站起身，在右邊的牆上看到另一句話，同樣的藍色筆跡：「呂希昂・馥樂里葉是一支大蘆筍。」他仔細將它抹掉，回到教室。「這倒是真的，」他看著同學心想：「他們全都比我矮。」他覺得不自在。「大蘆筍。」他坐在熱帶木材製造的小書桌前，婕嫚正在做菜，媽媽還沒回家。他在白紙上寫「大蘆筍」，想要重現這個字，但他自己的筆跡太過熟悉，一點效果都沒有。他呼喊：「婕嫚！我的女傭婕嫚！」「您又想要什麼了？」婕嫚問道。「婕嫚，我希望您在這張紙上寫『呂希昂・馥樂里葉是一支大蘆筍。』」「呂希昂先生，您瘋了嗎？」他用雙臂環抱她的脖子。「婕嫚，親愛的婕嫚，對我好一點嘛。」婕嫚笑了起來，在圍巾上擦拭她油膩膩的手指。她寫那句話時，他沒看她，但接下來他將白紙拿進房間，凝視了很久。婕嫚的字跡稜角分明，呂希昂彷彿聽見一個冷漠無情的聲音在他耳邊說：「大蘆筍。」他想著：「我很高大。」他被羞恥感壓得喘不過氣，他太高，就像巴赫陶太矮——其他人在背後嘲笑他。簡直像是有人詛咒了他，在這之前，他一直以為從高處俯看同學是一件自然不過的事。但現在他覺得自己突然被判定終生都會這麼高大。那天晚上他問父親，如果用盡全力去努力的話，有沒有辦法變得矮小一點。馥樂里葉先生說沒辦法，因為馥樂里葉家族的所有成員都又高又壯，而呂希昂還會繼續長高。呂希昂很絕望。他母親來幫他把被子塞好、說完晚安之後，他又從床上爬起來，站在鏡前看著自己。「我很高。」儘管如此，卻看不出這一點，鏡中的他彷彿既不高也不矮。他稍微掀起睡衣，看見自己的雙腿，於是他想像寇斯提對賀布哈荷說：「喂，怎麼回事，你看看蘆筍的長腿。」他因此有種奇怪的感覺。他冷得發抖，於是有人說：「蘆筍起了雞皮疙瘩！」他將睡衣下襬高高撩起，他們每個人都看見他的肚臍和全身，接著他奔到床邊，鑽回床上。當他將手伸進睡衣裡時，他想像寇斯提看著他，並說：「你們看看大蘆筍在做什麼！」他在床上激動搖盪、翻來轉去，一面喃喃喘氣：「大蘆筍！大蘆筍！」直到手指下方滋生一股酸酸的、微微的搔癢感。

接下來的日子裡，他很想央求修士老師允許他坐到教室最後面。都是布瓦賽、溫克爾曼還有寇斯提害的，因為他們坐在他後面，能看到他的脖子。呂希昂感覺得到自己的脖子，但他看不到它，甚至經常忘記它。但當他盡全力回答修士老師的問題、背誦唐迪亞格的長篇大論❸時，其他人在他後面看著他的脖子，他們會嘲笑他，他們會想：「他的脖子好瘦，還有兩條青筋。」呂希昂努力提高音量，表達唐迪亞格遭受的屈辱。他能任意調整嗓音，但脖子總是在那裡，安詳寧靜，沒有表情，像正在休息似的，而巴瑟能看見他的脖子。他不敢換座位，因為最後面的長凳是專為劣等生保留的。但是他的後頸和肩胛骨總是很癢，害他抓個不停。呂希昂發明了一個新遊戲：早上，當他像大人一樣自己一個人在盥洗間洗盆浴的時候，他會想像有人從鑰匙孔偷看他，有時是寇斯

❸ 譯註：Don Diègue，古典名劇《熙德》（*Le Cid*，作者為皮耶．高乃依〔Pierre Corneille，1606 ～ 1684〕）劇中主角羅德里戈（Don Rodrigue）之父。

提，有時是老布利格或婕嫚。他因此朝著各個方向轉身，好讓他們能牢牢注視他每個角度的模樣，有時他屁股朝門、四肢著地，這樣看起來才夠突出、夠可笑，布法迪耶先生躡手躡腳走過來，幫他浣腸。有天他在廁所時，聽見一陣嘎吱聲，是傑提德在給走廊上的碗櫥打蠟。呂希昂的心跳瞬間停止，他輕輕打開廁所的門走出來，他的內褲還垂在腳邊，睡衣紮在腰際。他必須小步小步跳躍前進，才不致失去平衡。婕嫚沉著冷靜地抬頭瞄他一眼，問他：「您這是在比賽布袋跳嗎？」他氣沖沖穿上長褲，飛奔到床邊，一頭栽進床上。馥樂里葉太太很痛心，她常對丈夫說：「呂希昂以前是那麼優雅可愛，看看他現在笨手笨腳，多可惜啊！」馥樂里葉先生心不在焉瞥了呂希昂一眼，回道：「這年紀就是這樣！」呂希昂不知該拿自己的身體怎麼辦，不管怎麼做，他總覺得這身體同時在每個方位存在，不問他的意見。呂希昂熱衷想像自己是個隱形人，他開始習慣從鑰匙孔偷窺，看看他們不自覺的身體構造，以此作為報復。他偷看母親洗澡。她坐在坐浴盆上，看起來昏昏欲睡，她一定已經完全忘記了她的身體，連臉孔都忘了，因為她以為沒有人在看她。沐浴棉兀自在這具被遺棄的皮囊之上來來回回，動作很慵懶，彷彿會半途停下。媽媽用一塊肥皂摩擦沐浴手套，然後她的手隱沒於雙腿之中。她臉上神采煥發，幾乎帶點悲傷，她一定想著別的事，譬如呂希昂的教育，或是彭加勒先生。這一刻，她就是這團粉紅色的龐然巨物，這碩大的身體，擱淺在陶釉坐浴盆上。另外一次，呂希昂脫掉鞋子，爬上閣樓，偷窺婕嫚。她身穿一件長至腳踝的綠色睡衣，在一面小圓鏡前梳頭髮，懶洋洋地對自己的倒影微笑。呂希昂不禁一陣狂笑，只好趕緊爬下樓去。在這之後，他會對著客廳的活動穿衣鏡微笑甚至做鬼臉，但一段時間之後，他便心生恐懼。

呂希昂最後陷入全然昏昏欲睡的狀態，沒有人發現這件事，除了寇芳太太，她叫他「我的睡美人」。有一團巨大的空氣讓他總是嘴巴微張，他吞不下去也吐不出來，那是他的呵欠。當他獨處時，那團空氣就會變大，一面膨脹一面溫柔輕撫他的上顎和舌頭；他張大嘴巴，淚水流淌臉頰，這種時刻真是舒服極了。他在廁所玩得不像從前那樣開心，反之，他很喜歡打噴嚏。他會因此清醒，而且在接下來的一段時間當中，他會一臉振奮地四下環顧，然後再度陷入昏睡。他學會辨識不同的睡意類型：冬天他坐在壁爐前，將頭湊近爐火；當他的頭變成紅色、烘得焦黃的時候，就會突然一片空白，他稱之為「從頭入睡」。星期天早上則相反，他會從腳入睡：他泡進澡盆，緩緩下沉，而睡意沿著雙腿和側腹上升，一面嘩嘩作響。昏昏欲睡的身體在水底顯得浮腫而蒼白，像一隻水煮的雞，頂著一顆小小的頭，滿頭金髮，許多有學問的深奧字彙，拉丁文的寺廟、寺院、寺祠；地震；破壞聖像者。課堂上的睡意是白色的，被閃電戳了洞。「你們要他單挑三人做什麼？❹」第一名：呂希昂．馥樂里葉。「第三等級❺是什麼？什麼都不是。」第一名是呂希昂．馥樂里葉；溫克爾曼第

❹ 譯註：出自皮耶．高乃依 1640 年的劇作《賀拉斯》（*Horace*）。

❺ 譯註：Tiers État，法國 17、18 世紀實施的封建體系中，教士與貴族以外的其他公民所組成的階級。

二名。佩樂侯是代數第一名，他只有一個睪丸，另一個藏在身體裡，他讓同學付兩塊錢觀賞，付十塊錢的話可以觸摸。呂希昂付了十塊，但他臨陣猶豫，只伸出手，沒摸就走了，但之後他萬分後悔，有時因此輾轉一小時無法成眠。呂希昂的地理成績沒有歷史好，溫克爾曼第一名，馥樂里葉第二名。星期天他會和寇斯提還有溫克爾曼一起騎腳踏車出去閒逛。他們在溽暑之中穿越紅棕色的郊野，單車在柔軟的塵土之上滑行，呂希昂的雙腿既輕快又有力，但道路的睏倦氣息使他頭腦發昏，他握著車把弓起身子，眼睛紅腫，半睜半閉。他連續拿到三次學業優異獎，得到的獎品有《法比奧拉或地下墓穴教堂》（*Fabiola ou l'Église des Catacombes*）、《基督教真諦》（*Le Génie du Christianisme*）和《查爾斯．拉維格里傳教士的一生》（*La Vie du Cardinal Lavigerie*）等書籍。度假回來的寇斯提，教他們所有人唱〈深處陰虱〉（*De Profundis Morpionibus*）和〈梅茲砲兵〉（*Artilleur de Metz*）這些露骨的淫穢歌曲。呂希昂決定好好研究一番，於是去翻他父親的拉魯斯醫學辭典，查閱「子宮」一詞，然後向他們解釋女性的身體構造，他還在黑板上畫了示意圖。寇斯提說，太噁心了。在這之後，他們只要聽見「號角」❻一詞，都不禁大笑出聲。呂希昂志得意滿，心想就算找遍全法國，也不會有別的高一學生（包括修辭班的學生）比他更懂女性器官。

馥樂里葉一家搬到巴黎居住時，像被鎂光燈的閃光照耀。呂希昂再也睡不著，因為電影、汽車、還有街道的緣故。他學會辨別瓦贊（Voisin）汽車和帕卡德（Packard）汽車，懂得分辨希斯巴諾蘇莎汽車和勞斯萊斯，有時也會談論低底盤跑車。他改穿長版內褲已經超過一年。他的法文會考成績優異，父親為了獎勵他，便把他送去英國旅行，呂希昂見識了灌滿水的牧場與白色的懸崖，和約翰．拉蒂默打拳擊，並且學會了側泳。然而，某天早上，他醒來時昏昏欲睡，睡意再度襲擊了他。他睡眼惺忪回到巴黎。康多賽高中的初等數學班有三十七名學生，當中有八名表示自己已有經驗，把其他人當作童子雞來鄙視。他

❻ 譯註：法文「trompe」一詞可指號角、象鼻、耳咽管、輸卵管、昆蟲吻管等。

們瞧不起呂希昂，直到十一月一日諸聖節那天，呂希昂和最有經驗的蓋瑞一起出去散步時，不經意透露自己對女性身體的詳細認識，使蓋瑞讚嘆不已。呂希昂進不了那群有經驗者的小團體，因為父母不讓他在晚上出門，但他能和他們平起平坐。

星期四，貝荷特阿姨會來他們在萊努合大街的家裡午餐，理理也會一起過來。貝荷特阿姨變得很肥胖、很悲傷，無時無刻不在嘆息，但她的肌膚依舊細緻白皙，呂希昂真想看看她全裸的樣子。夜裡，他在床上想像那場景：應該會是冬夜，在布洛涅森林裡，有人在一叢矮林中發現她，全身赤裸，雙臂交叉在胸前。她顫抖著，身上起了雞皮疙瘩。他幻想一名近視的行人用手杖前端碰觸她，一面說：「這是什麼呀？」呂希昂和表哥理理處不來，理理成了一名俊俏的年輕男子，有點太過優雅，他在拉卡納爾高中讀哲學，對數學一竅不通。呂希昂無法阻止自己回想當年的理理，他七歲多的時候還會大在內褲裡，因此走路時雙腳開開像隻鴨子，然後用他那雙單純天真的眼睛看著他媽媽說：「沒有，媽媽，我沒有大出來，我跟妳保證。」而他碰到理理的手就覺得噁心。但他對理理很友善，會向理理解說他的數學課程。他經常必須極力克制自己不要失去耐心，因為理理不太聰明。但他從來不發脾氣，總是非常冷靜而沉穩地對理理說話。馥樂里葉太太認為呂希昂很懂得應對，但貝荷特阿姨絲毫不知感激。當呂希昂提議理理為他上一堂哲學課的時候，貝荷特阿姨有點臉紅，在她的椅子上激動地說：「噢不，我的小呂希昂，你人真好，但理理是個大男孩，他想教的話就會教。可不能讓他習慣仰賴別人。」一天晚上，馥樂里葉太太突然對呂希昂說：「你或許以為，理理會感激你為他做的事？那你就錯了，我的小男孩，你聽清楚：他認為你自以為了不起，這是你的貝荷特阿姨告訴我的。」她用宛如音樂的聲調說話，擺出一副好心腸的樣子，呂希昂明白她快氣瘋了。他隱約感到困惑，一時無法答腔。接下來的兩天，他功課很多，暫時忘了這件事。

星期日上午，他猛然擱筆，自問：「我自以為了不起嗎？」當時是十一點，呂希昂坐在書桌前，看著印花牆布上面的粉紅色人物。他的左臉感覺四月初陽充滿灰塵的乾燥暖意，而右臉則是暖氣張狂而沉重的燥熱。「我自以為了不起嗎？」這問題很難回答。呂希昂首先試著回想自己和理理上次的會面，試著公正地審視他自己的態度。他彎腰看著理理，面帶微笑對他說：「你懂了嗎？親愛的理理，如果你不懂的話，別怕跟我說，我再重新講一遍。」後來，他算錯一道棘手的推論題，而他快活地說：「我也會犯錯。」這是他從馥樂里葉先生那兒學來的講法，他覺得很有趣。這只是小事一樁，「但當我這樣說的時候，我自以為了不起嗎？」奮力思索之下，某種像雲一樣柔軟、圓潤、潔白的思緒，突然再度出現——那一天，當他說「你懂了嗎？」的時候，腦子裡也有同樣的思緒，但那是沒辦法用言語描述的。呂希昂灰心地拼命努力，想凝視這片雲，他感覺自己突然落入雲中，首先是頭，他置身霧氣之中，接著自己也化作霧靄，他如今只是一陣潮濕泛白的暖意，散發洗滌衣物的氣味。他想從雲霧之中抽身，再度拉遠距離，但那雲霧卻跟隨著他。他心想：「是我，呂希昂．馥樂里葉，我在我的房間裡，正在計算物理習題，今天是星期天。」但他的思想卻化成濃霧，白色的字，寫在白紙上。他振作起來，開始細細端詳印花牆布上的人物：兩名女性牧羊人、兩名男性牧羊人、還有愛神。接著他突然想：「我呢，我是……」此時，發生了一場微小的轉換，他從長期的睏意當中清醒過來。

那並不愜意，牧羊人們向後一跳，呂希昂覺得自己彷彿是從一台小型望遠鏡的開口處觀看他們。這份驚愕之情原本是如此柔和，如今卻以一種極為官能的方式消失在自身的皺褶之中，取而代之的是如今萬分清醒的小困惑：「我是誰？」

「我是誰？我看著書桌，我看著作業本。我名叫呂希昂．馥樂里葉，但這不過是個名字而已。我自以為了不起。我沒有自以為了不起。我不知道，這沒有意義。」

「我是個好學生。不對，那只是表面的偽裝。好學生熱愛用功，而我並非如此。我成績好，但我不愛用功。但我也不討厭用功。我不在乎。我什麼都不在乎。我永遠不會成為領袖。」他焦慮地想：「那我以後要做什麼？」就這樣過了一陣子，他搔著臉頰，眨動左眼，因為陽光太眩目。「我究竟是什麼呢，我？」這薄霧自相纏繞，無邊無際。「我！」他凝望遠方，這個字在腦中迴響，接下來似乎能依稀看見宛如金字塔頂端的一小點陰暗，而金字塔的側邊往遠方延伸，消失於薄霧之中。呂希昂渾身顫慄，雙手發抖。「對了，」他心想：「對了！就是這個想法，我非常肯定：我不存在。」

接下來幾個月，呂希昂經常試著重新進入昏睡狀態，但沒有成功。他每晚規律睡眠九小時，其他時間都很清醒，而且越來越感到困惑，因為父母說他從未如此健康。當他想到自己沒有成為領袖的素質時，他會覺得自己是個浪漫派，想去月光下漫步幾個小時，但他的父母仍舊不允許他在夜間外出。於是他經常躺在床上，量體溫：溫度計顯示三十七點五或三十七點六度，呂希昂苦悶地自嘲，心想他的父母竟然覺得他氣色好。「我不存在。」他閉上雙眼，隨波逐流——存在是一種錯覺。既然我知道我不存在，我只需要堵住耳朵，什麼都不再去想，然後我就消失破滅、化為烏有。然而，存在的幻覺是很頑強的。至少和別人相較之下，呂希昂擁有一種十足狡黠的優勢，因為他擁有一個祕密：譬如蓋瑞，他並不比呂希昂更加真實存在，但你只要看看他在仰慕者面前大聲喧嘩的樣子，立刻就能明白，他對自己的存在堅信不疑。馥樂里葉先生也一樣不存在，理理也不存在，所有人都不存在。世界是一齣沒有演員的鬧劇。呂希昂的作文〈道德與科學〉拿到高分，他想寫一本《論虛無》，想像人們在閱讀的同時，一個接一個消失，就像破曉雞鳴時的吸血鬼一樣。動筆寫他的論述之前，他想先請教哲學老師巴卜安的意見。「老師，不好意思，」他在下課時這樣問老師：「我們能否主張我們並不存在？」巴卜安說，不能。「我思，」他說：「故我在。您當然存在，因為您懷疑您的存在。」呂希昂並未信服老師的說法，但他放棄書寫他的著述。七月，他考完數學組的高中畢業會考，成績平平，然後和父母回到費羅勒鎮過暑假。他的困惑依舊沒有消失，像想打噴嚏的欲望不會消褪一樣。

老布利格過世了，馥樂里葉先生手下工人們的生活風氣和從前大不相同。他們現在收入頗豐，他們的太太穿的是絲綢內褲。布法迪耶太太對馥樂里葉太太講了一些讓人震驚的詳細情形：「我的女傭跟我說，她昨天在熟食肉鋪看見翁錫尤姆小妹，她是您先生廠裡一名好工人的女兒，我們在她母親過世時照顧過她。她嫁給波別提那兒的一名鉗工。怎麼說呢，她訂了一隻二十法郎的雞！

而且她多麼趾高氣昂！對她們而言，什麼都不夠好：她們想要擁有我們所擁有的一切。」而今，呂希昂週日和父親出去晃一圈的時候，工人們看見他們時不再脫帽，連帽子都幾乎不碰，有些人甚至會刻意過馬路來避免打招呼。有一天，呂希昂遇見老布利格的兒子，但年輕的小布利格似乎沒認出他來。呂希昂有點興奮，這是證明自己是一名領袖的機會。他以如鷹般銳利的眼神直視朱爾．布利格，將雙手放在背後，朝著他走過去。但是小布利格毫無懼色，他以空洞的雙眼看向呂希昂，吹著口哨和呂希昂錯身而過。「他沒認出我。」呂希昂心想。他深感失望，接下來的日子裡，他比從前更加認為世界並不存在。

馥樂里葉太太的小型手槍，收在她房內五斗櫃的左邊抽屜裡。那是她丈夫一九一四年九月上戰場前送她的禮物。呂希昂拿起它，在手中把玩許久，精巧的小東西，槍管鍍金、槍托鑲有珍珠母貝殼。要想說服人們相信他們不存在，光靠一本哲學論述是行不通的。他必須採取行動，一場真正絕望的行動，才能夠驅散表象，將世界的虛無攤在光天化日之下。一場表態行動，一具年輕的屍體在地毯上淌血，幾個字草草寫在紙上：「我自殺是因為我不存在。而你們也一樣，兄弟們，你們是虛無的！」人們閱讀早報時，會讀到：「一名青少年膽敢如此！」而每個人都會深受震撼，他們會自問：「那我呢？我存在嗎？」史上有許多類似的例子，譬如《少年維特的煩惱》出版時掀起的那波自殺潮。法文的「烈士」（martyr）這個字，在希臘文中指的是「見證者」，呂希昂心想，他太敏感，不適合當領袖，但可以當個烈士。接下來，他經常走進母親的閨房，盯著手槍，陷入一種瀕危的狀態。他甚至會咬住鍍金的槍管，手指用力握緊槍托。其他的時刻他倒是挺快活的，因為他認為所有貨真價實的領袖，都曾經試圖自殺。譬如拿破崙。呂希昂承認自己絕望到了極點，但他期望能夠戰勝絕望，而當這場危機結束時，他的靈魂將會飽經淬鍊。他興味盎然閱讀《聖赫勒拿回憶錄》❼。但他終究得做個決定。呂希昂選定九月三十日作為這場猶豫

❼ 譯註：《聖赫勒拿回憶錄》（*Mémorial de Sainte-Hélène*）是艾曼紐．拉斯卡斯侯爵（Emmanuel de Las Cases，1766 ～ 1842）於拿破崙被流放至非洲孤島聖赫勒拿時進行一連串訪談而寫作的拿破崙回憶錄，出版於 1823 年。

的最後期限。最後幾天萬分難熬，亢奮狀態雖能促進健康，但呂希昂因此處於極端的緊張狀態，害怕自己哪天會像玻璃一樣碎裂。他不敢再碰手槍，只敢拉開抽屜，微微掀起母親那疊連身襯裙，久久注視那陷在粉紅絲綢凹處、冰冷而執拗的小怪物。然而，當他決定妥協繼續活下去時，他感覺一股強烈的沮喪，覺得自己無所事事。幸好，新學期的種種煩惱使他全神貫注。父母將他送到聖路易中學的高等學院預備班，準備巴黎中央理工學院的入學考試。他頭戴一頂別著徽章、鑲有紅邊的雅緻無邊小帽，高唱：

推動機械的是中央理工生
推動火車的是中央理工生……

「準中央理工生」這個新頭銜使呂希昂心中充滿驕傲，而且他的班級與眾不同，班上有自成一格的傳統，有它自己的儀式，那是一種力量。譬如班上有個習慣，法文課下課前的一刻鐘，會有人出聲問：「軍校生是什麼？」而所有人會壓低嗓子悄悄回答：「是蠢蛋！」接著同一個人會繼續問：「農校生是什麼？」而大家會回答得大聲一點：「是蠢蛋！」這時幾乎已經失明、戴著墨鏡的貝涂尼老師會以厭煩的聲音說：「先生們，請安靜！」他們會徹底安靜一陣子，互相看來看去，臉上掛著充滿默契的微笑，接著會有人大嚷：「理工生是什麼？」而他們會一起大喊：「是了不起的傢伙！」這些時候，呂希昂覺得自己的熱情被鼓舞了。晚間，他會鉅細靡遺對雙親講述當天發生的各種事件，當他說到「所以全班都開始大笑……」或是「全班決定孤立梅悉涅」的時候，字句像烈酒燒灼雙唇。但前幾個月很難熬：呂希昂的數學和物理都沒考好，而且個別來說，他的同學並不十分討人喜歡。他們都是拿獎學金的學生，多數是不大正派的書呆子，很沒教養。「這裡面沒有一個人，」他對父親說：「會讓我想和他交朋友。」「拿獎學金的學生啊，」馥樂里葉先生漫不經心地說：「他們是智識上的菁英，卻是很糟糕的領袖，他們太快出人頭地了。」呂希昂聽見父親說「糟糕的領袖」時，內心一陣絞痛，再度興起在接下來幾週內自殺的念頭。但他已經不像暑假時那麼積極狂熱。一月份來了個名叫培赫里亞克的新同學，他引起全班議論紛紛：他穿的是綠色或淡紫色的最新款式貼身西服上裝、小圓領上衣，還有像是裁縫店的版畫裡會看到的那種長褲，緊得讓人懷疑他是怎麼穿上去的。他馬上就考了數學最後一名。「我才不在乎，」他這樣宣示：「我是個文學家，我唸數學只是為了折磨自己。」一個月之後，所有人都迷上了他，他會發送走私香菸，告訴大家他有女人，還拿出她們寫給他的信給大家看。全班同學認定他是個時髦瀟灑的傢伙，決定不去煩他。呂希昂很讚賞他的優雅風度，但培赫里亞克卻以優越的態度對待呂希昂，還叫他「有錢人家的小孩」。「說穿了，」有天呂希昂說：「如果我是窮人家的小孩的話，那還好一點。」培赫里亞克聞言微笑。「你是個小犬儒主義者！」他這樣對他說，隔天，他讓他讀自己寫的一首詩：「卡呂索夜夜眼球生吃，此外如駱駝樸實。女士以家人眼球紮成花束，拋上舞台。此舉蔚為楷模，人人對其鞠躬。但且勿忘，其榮耀時刻總計三十七分鐘：自觀眾第一聲歡呼，至歌劇院閃耀熄燈（接著她得用狗繩牽走丈夫，他曾數度贏得競賽，兩枚英勇十字勳章，填堵其眼眶之粉紅窟窿）。切記：我們之中，所有過度食用罐頭人肉者，將會歿於壞血病。」「寫得真好。」呂希昂尷尬地說。「這些詩句，」培赫里亞克從容地說：「是用一種新技術寫的，叫做自動寫作❽。」之後不久，呂希昂強烈地渴望自殺，他決定向培赫里亞克尋求建議。「我該怎麼做？」陳述完自己的狀況之後，他這樣問。培赫里亞克認真傾聽呂希昂，他習慣吸吮手指，然後將口水抹在臉上的痘子上，因此他的皮膚有些地方會閃閃發光，像雨後的小徑。「照你想要的去做，」最後他這樣說：「這一點都不重要。」他思索一陣，又一字一

❽ 譯註：自動寫作（l'écriture automatique）為一種不受自我意識干擾的寫作方式。1920～1930年代之超現實主義者在安德烈．布勒東（André Breton，1896～1966）倡導之下，盛行以種種手段使自己進入半夢半醒的狀態以利自動寫作。

字地說：「**無論什麼**，都**從來沒有**一點重要性。」呂希昂有點失望，但到了下個週四，培赫里亞克邀他去母親家裡喝下午茶時，他才明白培赫里亞克被深深打動了。培赫里亞克太太非常親切，她臉上長了一些疣，左臉有一道紅色胎記。「你懂嗎，」培赫里亞克對呂希昂說：「我們才是真正的戰爭受難者。」呂希昂也這樣認為，他們都同意，他們兩人都是被犧牲的一代。日落時分，培赫里亞克躺在他的床上，雙手交叉在脖子後面。他們抽了一些英國香菸，用唱機放了幾張唱片，呂希昂聽見蘇菲・塔克（Sophie Tucker）和阿爾・約翰遜（Al Johnson）的歌聲。他們兩人都變得無比憂鬱，而呂希昂心想，培赫里亞克是他最好的朋友。培赫里亞克問他知不知道精神分析，他的聲音很認真，用嚴肅的眼神看著呂希昂。「直到十五歲為止，我都對我媽抱持性慾。」他這樣向他透露。呂希昂覺得很難為情，他怕自己臉紅，並且想到培赫里亞克太太臉上的疣，不懂她怎能讓人產生慾望。儘管如此，當她端著烤麵包片進房間時，他還是隱約感到慌亂，並試圖偷看她黃色羊毛套衫下面隱約可見的胸部。她走出房間後，培赫里亞克以肯定的態度說：「你當然也一樣，你曾經想和你媽上床。」那不是問句，是肯定句。呂希昂聳聳肩膀。「當然。」他說。隔天他有些擔心，怕培赫里亞克向別人提起他們的對話。但他很快就放下心。「無論如何，」他心想：「他損害自己名聲的程度比我嚴重。」他深受這場內心話告白當中的科學措辭吸引，隔週的星期四，他在聖日內維耶圖書館讀了佛洛伊德一本關於夢的著作。那是一場頓悟。「原來如此，」呂希昂信步走在街上，一面反覆想著：「原來如此！」接下來，他買了《精神分析引論》（*Introduction à la Psychanalyse*）與《日常生活之精神病學》（*Psychopathologie de la vie quotidienne*），一切在他眼中豁然開朗。覺得自己不存在的怪異感受；他意識之中長久的空虛；他的嗜睡、他的困惑；他試圖理解自己，卻總是徒勞，所有努力都只淪入迷霧……「當然，」他心想：「我有某種情結。」他告訴培赫里亞克，小時候他是如何想像自己患有夢遊症，而事物在他眼中從來不完全像是真的。「我一定有，」他作出結論：「陳年已久、如今才現身的情結。」「和我一樣，」培赫里亞克說：「我們擁有自己特有的情結！」他們開始習慣詮釋他們的夢，分析每個小舉動；培赫里亞克總有許多往事可以傾訴，呂希昂有點懷疑這些事是編造出來的，不然至少也經過修飾。但他們處得很好，以客觀的態度談論最敏感的話題，他們向彼此坦承自己戴著快活的面具來欺騙身邊的人，但內心其實痛苦萬分。呂希昂自他的憂慮當中解脫了。他一頭栽進精神分析，求知若渴，因為他領悟這是他所需要的，如今他覺得自己很堅定，他再也不需要煩惱擔心，不需一直在意識中尋找自身性格的顯著表徵。真正的呂希昂其實深深隱匿於無意識之中，必須想像他而永遠不去看見他，像某個不在場的、親愛的人。呂希昂成天想著他的情結，並帶著一絲驕傲幻想自己的意識煙霧下方，蠢動著一個黑暗的、殘酷的、暴力的世界。「你懂的，」他對培赫里亞克說：

「當時，我的外表是個睡眼惺忪的小鬼頭，看起來對什麼都漠不關心，是個不太有意思的人。你知道，就連在心裡，那似乎也是這樣，嚴重到我差點上當。但那時我就知道，一定有其他原因。」「**永遠**有其他原因。」培赫里亞克這樣回答。他們對彼此微笑，並感到自豪。呂希昂寫了一首詩，名為〈薄霧終將散盡〉，培赫里亞克認為寫得很好，但他責備呂希昂在詩中使用規律的韻腳。但他們還是將這首詩熟記在心，當他們想談論自己的「力比多」時，他們往往會說：「薄霧外衣下蜷縮躲藏的碩大螃蟹」，後來則簡稱「螃蟹」，邊說邊眨眨眼。但過了一段時間之後，當呂希昂獨處時，他開始覺得這一切有點可怕，夜裡這感受更深。他再也不敢直視母親，睡前吻她臉頰道晚安時，他深恐會有一道邪惡的力量使他的嘴巴偏離方向，落在馥樂里葉太太的雙唇上。他體內彷彿藏了一座火山。呂希昂小心翼翼看待自己，以免曲解自己新發現的這枚華美而又陰森的靈魂。而今，他知曉所有代價，害怕自己的覺醒將會駭人可怖。「我害怕自己。」他心想。他原本已經六個月沒有自慰，因為那讓他煩悶，而且他功課太多，但現在他再度開始，因為人必須依循他的習性，佛洛伊德在書中描述了許多悲慘的年輕人，他們因為太過突然地中斷原本的習慣，因此導致神經官能症的發作。「我們會不會瘋掉？」他問培赫里亞克。事實上，某些週四他們確實感覺有些怪異，暗影偷偷潛入培赫里亞克的房間，他們抽了一包又一包摻雜鴉片的香菸，兩人雙手顫抖。他們當中會有一個人默默起身，躡手躡腳走到門邊，轉開電燈開關。黃色的光充滿室內，他們以疑惑的眼神看著對方。

沒多久，呂希昂注意到一件事：他和培赫里亞克的友誼，建立於誤解之上。他對伊底帕斯情結這份病態美的感受程度，確實比誰都更加強烈，但他在其中領會的，首先是情慾的威力所顯現的徵兆，而他期望它日後能夠發揮在其他目的上。培赫里亞克則和呂希昂相反，他似乎安於現在的狀態，不願擺脫它。「我們完蛋了，」他自豪地說：「我們是失敗者。我們什麼都不會做，永遠不會。」「永遠不會。」呂希昂這樣附和，但他很憤怒。復活節假期結束後，培赫里亞克告訴呂希昂，他在第戎的旅館和母親同室共寢：他在凌晨起床，走到母親床邊。他媽媽還在睡，他輕輕拉開她的被子。「她的睡衣高高撩起。」他冷笑著說。聽到這句話時，呂希昂無法克制自己對培赫里亞克感到一絲輕蔑，同時覺得自己非常孤單。擁有一些情結，這樣是很有意思沒錯，但也該懂得及時擺脫它——如果一個成年人始終保有幼兒期的性慾，他怎麼能夠承擔責任、發號施令呢？呂希昂開始認真地擔憂起來，他很希望能找到一個權威可靠的人來給他建議，但不知該找誰。培赫里亞克經常聊到一位名叫布勒杰的超現實主義者，他對精神分析很有研究，似乎對培赫里亞克影響深遠。但培赫里亞克從未提議讓呂希昂認識布勒杰。另一件讓呂希昂失望的事，是他原本指望培赫里亞克能幫他找到一些女人。呂希昂認為，如果他有個漂亮的情婦，腦中想法自然會因此改變。但培赫里亞克不再提及他那些漂亮的女友，他們有時會去大道上尾隨一些姑娘，但不敢向她們攀談。「你還想怎樣呢，我可憐的老友，」培赫里亞克說：「我們不是討人喜歡的人種。女人們能從我們身上，嗅出某種讓她們害怕的東西。」呂希昂沒回答。培赫里亞克開始惹他惱火。他經常針對呂希昂的父母開一些沒水準的惡劣玩笑，稱呼他們為杜莫雷先生太太❾。超現實主義者通常瞧不起資產階級，這點呂希昂很清楚，但馥樂里葉太太曾經邀培赫里亞克來家裡好幾次，以信任而友善的態度來款待他。就算他不懂感激，光是基於情理，他就不該這樣講她。而且培赫里亞克借錢不還的怪癖實在惱人：搭公車時他永遠沒有零錢，得幫他付車資；在咖啡館裡，他大概每五次才會提議由他付帳一次。有一天，呂希昂直截了當告訴培赫里亞克，說他不理解他的行為，說他們是同學，在外面應該平分所有支出。培赫里亞克以深邃的目光看著他說：「我就知道，你是肛門滯留人格」，並向他解釋佛洛伊德表示糞便即黃金，以及佛洛伊德關於吝嗇的理論。「我想知道一件事，」培赫里亞克說：

❾ 譯註：應指法國著名童歌〈杜莫雷先生旅途愉快〉（*Bon voyage Monsieur Dumollet*，1809，作者為 Marc-Antoine-Madeleine Désaugiers〔1772～1827〕）中的鄉巴佬杜莫雷先生。

「你媽媽幫你擦屁股擦到幾歲？」他們差點失和。

五月初，培赫里亞克開始蹺課，呂希昂會在下課後去小場街一間酒吧找他，他們會一起喝香艾酒。某個星期二的午後，呂希昂抵達時，培赫里亞克面前的酒杯已經見底了。「你來啦，」培赫里亞克說：「你聽好，我得先走，我五點和牙醫有約。你在這兒等我，我的牙醫就在隔壁，我半小時就回來。」「好。」呂希昂邊說邊坐下。「法蘭索瓦，給我來杯白香艾酒。」這時一名男子走進酒吧，他看見他們，以驚訝的神情微笑。培赫里亞克臉紅了，他急忙起身。「這個人會是誰？」呂希昂心想。培赫里亞克和這名陌生男子握手時，故意轉身擋住呂希昂。培赫里亞克壓低聲音講話，說得很快，男子則以洪亮的聲音回答。「噢不，我的小朋友，不，你永遠都不會只是個小丑。」這樣說的同時，他踮起腳尖，視線越過培赫里亞克的頭頂，端詳著呂希昂，看來泰然自若、充滿自信。他大概三十五歲，臉色蒼白，一頭白髮非常漂亮。「他一定就是布勒杰，」呂希昂心想，覺得心跳加快，「他長得真好看！」

培赫里亞克拉扯白髮男子的手肘，姿勢既靦腆又蠻橫。

「您跟我來吧，」他說：「我要去看牙醫，就在旁邊。」

「但你跟朋友在一起，」男子回道，他始終盯著呂希昂，「我想你應該介紹我們認識。」

呂希昂面帶微笑站起身來。「快把握機會！」他心想。他臉頰發燙。培赫里亞克將脖子縮進肩膀，呂希昂一時以為他會拒絕。「這樣的話，你就介紹一下我是誰吧。」他以開朗的聲音說。但他才剛開口，兩側太陽穴便充血發燙，他真想鑽進地底下。培赫里亞克轉過身，喃喃地說，不看兩人一眼：

「呂希昂．馥樂里葉，我同學；亞席爾．布勒杰先生。」

「先生，我很欽佩您的作品。」呂希昂以微弱的聲音說。布勒杰用纖細修長的手握住呂希昂的手，要他坐回椅子上。一陣沉默。布勒杰以熱情而溫柔的眼神上下打量呂希昂，手裡依舊握著呂希昂的手。「您不安嗎？」他溫和地問。

呂希昂輕輕喉嚨，用堅定的眼神回望布勒杰。

「我很不安！」他清晰明確地回答，彷彿挑戰某個祕密社團的入會考驗儀式。培赫里亞克猶豫一會之後，氣沖沖走過來，坐回他的位子，將帽子丟在桌上。呂希昂熱切渴望能對布勒杰訴說他的自殺意圖，布勒杰是那種必須出其不意、開門見山對他講事情的人。但因為培赫里亞克在場的關係，他什麼都不敢說。他恨培赫里亞克。

「您有拉克酒嗎？」布勒杰問服務生。

「沒有，他們沒有拉克酒，」培赫里亞克急忙說道：「這是一間魅力十足的小酒館，但他們什麼酒都沒有，只有香艾酒。」

「那個玻璃瓶裡裝的黃色東西是什麼？」布勒杰從容徐緩地問。

「白香艾。」服務生回道。

「好吧，就給我那個。」

培赫里亞克坐立不安，他似乎陷入兩難，既想吹噓他的朋友，又怕給呂希昂增添太多光采而對自己不利。最後，他用陰鬱卻又驕傲的口吻說：

「他曾經想自殺。」

「噢，當然！」布勒杰說：「再好不過。」

他們再度沉默，呂希昂擺出虛心的神情低垂雙眼，心想培赫里亞克怎麼還不趕快滾蛋。布勒杰突然看錶。

「你不是要看牙醫？」他問。

培赫里亞克心不甘情不願地站起身來。

「布勒杰，您跟我一起去吧，」他央求道：「就在旁邊而已。」

「不用吧，反正你會回來。我在這裡陪你同學。」

培赫里亞克又待了一會，急得跳腳。

「你快去吧，」布勒杰用專橫的口吻說：「待會再回來找我們。」

培赫里亞克離開後，布勒杰站起來，隨和地坐到呂希昂身旁。呂希昂花了很多時間向他講述自己想自殺的歷程，也向他說明自己曾經對母親產生慾望，他是個肛門滯留型虐待狂，內心深處他什麼都不愛，他的一切都是一場鬧劇。布勒杰傾聽他說的話，用深邃的眼神凝視他，一句話都不說，呂希昂覺得能被理解真是太美妙了。他說完後，布勒杰親密地摟住他的肩膀，呂希昂嗅聞著古龍水與英國香菸的氣味。

「呂希昂，您知道我怎麼稱呼您的情況嗎？」呂希昂滿懷期待看著布勒杰。他果然沒有失望。

「我稱之為，」布勒杰說：「苦惱混亂。」

苦惱混亂。這個詞的開頭像月光一樣柔軟潔白，但最後的「亂」卻如號角一般響亮。

「苦惱混亂……」呂希昂說。

他覺得嚴肅莊重而憂心忡忡，就像當年告訴理理他有夢遊症的時候一樣。酒吧很陰暗，但門口朝著街道大大敞開，門外是春天明亮的金色霧氣。布勒杰身上散發高雅的香水味，呂希昂在那氣味背後覺察另一股屬於暗室的濃重氣味，紅酒與潮濕木頭的味道。「苦惱混亂……」他心想：「這會把我帶上什麼道路？」他不清楚自己究竟是被賦予一個頭銜，抑或被診斷出一種新的疾病。布勒杰靈活輕快的雙唇近在眼前，唇瓣開開闔闔，不斷遮掩又再度顯露一顆閃耀的金牙。

「我很喜愛苦惱混亂的人，」布勒杰說：「我認為您擁有非凡的好運，因為這畢竟是一種天賦。您看到這些像豬玀一樣的粗人了嗎？他們都是坐而不起的人。得把他們拿去餵紅火蟻，才能稍微惹惱他們。您知道這些認真細心的小動物會做什麼嗎？」

「牠們會吃人類。」呂希昂說。

「沒錯，牠們會把骸骨上的人肉給清理乾淨。」

「我懂。」呂希昂回答。接著他又說：「那我呢？我應該怎麼做？」

「什麼都不做，為了上帝的愛。」布勒杰以故作滑稽的驚恐表情說：「尤其不要坐而不起。除非，」他笑著說：「除非您是坐在鐵鍬上。您讀過韓波嗎？」

「沒、沒有。」呂希昂說。

「我會借您《彩畫集》（*Les Illuminations*）。您聽好，我們必須再見面。如果您週四有空的話，可以在三點左右過來我家，我住在蒙帕納斯，首戰街九號。」

隔週的星期四，呂希昂去了布勒杰家，接著幾乎每天都去，整個五月皆是如此。他們說好告訴培赫里亞克他們每週見一次面，因為他們想對他坦誠，同時也試著避免讓他難受。培赫里亞克表現得極不得體，他以嘲笑的口吻對呂希昂說：「所以怎樣，天雷勾動地火？他給你來個擔憂，你給他來個自殺，這把戲真了不起！」呂希昂不禁反駁。「請你注意一件事，」他紅著臉說：「是你先說我想自殺的。」「噢！」培赫里亞克說：「那只是為了避免讓你因為必須自己說出口而感到羞恥。」他們越來越不常見面。「他身上所有我喜歡的特質，」有天，呂希昂告訴布勒杰：「都是從您這邊學來的，我現在才發現這件事。」「培赫里亞克是一隻猴子，」布勒杰笑著說：「這一直是他吸引我的地方。您知道他的外婆是猶太人嗎？這可以解釋許多事情。」「確實如此。」呂希昂這樣回答。過了一會，他又說：「不過，他很有魅力。」布勒杰的公寓擺滿奇特而滑稽的物件：一些懶骨頭軟墊，但紅色天鵝絨座墊是擺放在油漆木雕的女性小腿上；小黑人雕像；上面有尖刺的鑄鐵貞操帶；石膏塑造的乳房，插著一些小湯匙；書桌上有一隻碩大的青銅虱子，還有一個從米斯特拉斯的骸骨堆中偷來的僧人頭骨，都被拿來當作文鎮。牆上滿是訃聞，宣布超現實主義者布勒杰的死訊。儘管如此，這間公寓讓人覺得充滿智識方面的享受，呂希昂喜歡躺在吸菸室的深色貴妃椅上。這其中特別讓他訝異的，是布勒杰堆疊在一個層架上的大量惡作劇道具與整人玩具。冰冷的液體、讓人打噴嚏的粉末、使人發癢的毛、漂浮的糖、假狗糞、新娘的吊襪帶。布勒杰會在說話時拿起假狗糞，一臉凝重地端詳它。「這些整人玩具，」他說：「擁有一種革命性的價值，它們讓人不安。它們的毀滅性，比列寧的全套著作更有威力。」呂希昂既詫異又著迷，時而看著這張雙眼凹陷、俊美而痛苦的臉；時而看著那纖細修長的手指優雅把玩幾可亂真的糞便。布勒杰經常對他講起韓波，還有「所有感官的全面錯亂」。「當您有空經過協和廣場的時候，去看看女黑鬼跪著吸吮方尖碑，要清晰地看、隨心所欲地看，您便能說您已戳破布景，您得救了。」他借他《彩畫集》、《馬爾多羅之歌》（*Chants de Maldoror*），還有薩德侯爵的著作。呂希昂認真地試圖理解，但許多事情他都摸不清頭緒，而且他很震驚，韓波竟然是一名雞姦者。他這樣告訴布勒杰，而布勒杰笑了出來：「為什麼震驚呢，我的小朋友？」呂希昂很難為情。他面紅耳赤，在那一分鐘的期間，他開始全心全意痛恨布勒杰。但他克制了自己。他再度抬起頭來，率直地說：「我說了蠢話。」布勒杰輕撫他的頭髮，看來似乎心生同情。「這雙心神不寧的大眼睛，」他說：「鹿一般的眼睛……是的，呂希昂，您說了蠢話。韓波的雞姦行為，是他敏銳的感覺能力首要的、絕妙的錯亂。因為這個原因，我們才有幸閱讀韓波寫的詩。如果相信性慾有特定對象，而且這對象必定是女人，因為她們兩腿之間有個洞，那就是犯了坐而不起的人會犯的錯，可憎而頑固的錯。您看！」他從書桌中拿出十幾張泛黃的照片，丟到呂希昂的膝蓋上。相片中是駭人的全裸娼妓，用沒有牙齒的嘴巴大笑，像張嘴一樣張開雙腿，腿間突出一塊像是泡沫狀舌頭的東西。「我在布薩達（Bou-Saada）城內用三法郎買到這套照片。」布勒杰說：「您若親吻這些女人的屁股，您就是一家之子，所有人都會說您過的是男孩的生活。就因為她們是女人，您懂嗎？我告訴您，您該做的第一件事，是說服自己相信，一切事物都可以是性慾的對象，譬如一台縫紉機、一支試管、一匹馬或一隻皮鞋。我呢，」他笑著說：「我就和一群蒼蠅做過愛。我認識一名海軍射擊手，他會和鴨子做。他把鴨子的頭塞進抽屜，牢牢抓住牠們的爪子，然後就這樣上牠！」布勒杰漫不經心地捏著呂希昂的耳朵說：「鴨子會因此死去，營裡的士兵會把牠吃掉。」呂希昂結束這些對談時，總覺得萬分激動，他認為布勒杰是個天才，但有時他會在夜裡驚醒，渾身大汗，腦中滿是殘酷而猥褻的畫面，並尋思布勒杰對他的影響是不是好的影響。「獨自一人！」他絞著雙手悲歎，「不要有任何人來給我建議，來告訴我是否已踏上正途！」若他真的實踐一切，達成了所有感官的全面錯亂，那他不就失足溺死了嗎！某天布勒杰向他講起安德烈・布勒東，講了很久，呂希昂夢囈般喃喃自語：「是的，但是如果，在這之後，我沒辦法再回頭的話呢？」布勒杰聞言一驚：「回頭？是誰說要回頭？如果您瘋了，那再好不過。之後就像韓波所言，『其他恐怖勞動者將會到來』。」「這正是我所想的。」呂希昂悲傷地說。他注意到一件事：這些漫長的雜談，結果和布勒杰的期望恰好相反。呂希昂一旦驚覺自己體驗到稍微敏銳一點的感受，或一種前所未見的印象，他便會開始顫抖，心想：「開始了。」他但願能夠只擁有最平庸、最遲鈍的感知能力。唯有晚上和父母相處時，他才覺得自在，那是他的避風港。他們會聊白里安❿，聊德國人的惡意，聊潔妮表姊產後坐月子，聊物價。呂希昂舒暢欣快地和他們聊著符合常識的庸俗話題。某天，從布勒杰那兒回到自己的房間之後，他機械性地反鎖房門，卡緊門栓。察覺自己的舉止之後，他努力置之一笑，但夜裡無法成眠，這時他才發現，他很害怕。

儘管如此，無論拿世上什麼來和他交換，他都不願停止造訪布勒杰。「他讓我著迷。」他想著。而且他很激賞布勒杰和他建立的這份友誼，如此優美、

❿ 譯註：阿里斯蒂德．白里安（Aristide Briand，1862 ～ 1932），法國政治家。曾就任十一次法國總理。

如此獨特。布勒杰始終維持他那幾乎粗魯的陽剛語調，但卻有辦法讓人感受他的溫柔，並借此打動呂希昂。譬如他會幫他重新打好領帶，一面低聲抱怨呂希昂穿得很難看；他會用柬埔寨進口的金梳子幫他梳頭。他讓呂希昂認識自己的身體，向他解釋青春肉體的悲愴與生硬之美。「您就是韓波，」他對他說：「他來巴黎見魏爾倫時，有一雙像您這樣的大手，還有這張屬於年輕健康鄉下人的紅潤臉龐，以及宛如金髮小女孩的修長苗條身材。」他要求呂希昂解開領口，敞開襯衫，然後將侷促不安的呂希昂帶到一面鏡子前，讓他對鏡欣賞自己的紅潤臉頰與白皙頸項所構成的迷人和諧。他用一隻手輕拂呂希昂的髖部，哀傷地說：「人應該在二十歲時自殺。」如今呂希昂常照鏡子，學習欣賞自己笨拙的青春魅力。「我是韓波。」他這樣想著。夜裡，他以溫柔的動作脫衣，開始相信自己的人生會是一場早逝的悲劇，像一朵太過美麗的花。在這樣的時刻，他覺得自己很久以前便有類似感受，而腦中浮現的是一幅荒謬的景象：他看見幼年的自己穿著一件藍色長袍，戴著小天使的翅膀，在一場慈善義賣會中發送鮮花。他看著自己修長的雙腿。「我的皮膚真的有這麼柔軟嗎？」他這樣想，覺得有趣。有一回，他親吻自己的前臂，讓雙唇沿著一條可愛的小靜脈，從手腕遊走到肘彎。

一日，走進布勒杰家中時，他很不愉快地發現培赫里亞克也在，正忙著用一把刀將某種像土塊的淺黑色物質分成小塊。他和培赫里亞克已經十天沒見，兩人冷冷地握手。「看看這個，」培赫里亞克說：「這是印度大麻，我們要把它放進這些菸斗，夾在兩層黃菸絲菸中間，效力驚人。」他補充道：「也有你的份。」「謝謝，」呂希昂說：「但這對我來說太強了。」布勒杰和培赫里亞克笑了起來，培赫里亞克用壞心的眼神繼續堅持：「你太傻了，我的老友，抽吧，你無法想像這有多舒服。」「我說我不要！」呂希昂說。培赫里亞克不再回答，而是擺出優越的態度微笑，而呂希昂看見布勒杰也笑了。他跺著腳說：

「我不要，我不想把自己搞得精疲力盡，我覺得服用這種讓人昏頭昏腦的玩意，是很蠢的行為。」話語脫口而出，但當他明白他這段話的後果之後，一想到布勒杰會如何看待自己，他便想殺了培赫里亞克，而淚水湧了上來。「你是資產階級，」培赫里亞克聳肩說道：「你假裝游泳，但你太恐懼讓腳離地。」「我不想養成服用迷幻藥的習慣，」呂希昂改用較為冷靜的聲音說：「這是一種束縛，就像所有奴役狀態一樣，我想保持無拘無束。」「你就直說，你害怕涉入。」培赫里亞克惡狠狠地回答。呂希昂差點甩他兩巴掌，卻在這時聽見布勒杰專橫的聲音。「饒了他吧，查爾，」他對培赫里亞克說：「他是對的。他對涉入的恐懼，也是苦惱混亂的一部分。」他們兩個躺在貴妃椅上吞雲吐霧，室內瀰漫一股亞美尼亞薰香紙的氣味。呂希昂坐在紅色天鵝絨軟墊上，默默看著他們。過了一陣子，培赫里亞克將頭向後仰，迷濛地微笑、眨眼。呂希昂看著他，心懷怨恨，覺得很屈辱。最後培赫里亞克站起身來，步履蹣跚走出客廳，嘴角始終掛著那道奇異的笑，看來睡意迷濛而又淫猥。「給我一管菸斗。」呂希昂啞著嗓子說。布勒杰笑了起來。「沒那個必要。」他說：「你別在意培赫里亞克。你不知道他現在在做什麼！」「我才不在乎。」呂希昂說。「這個嘛，你還是知道一下，他在嘔吐。」布勒杰平靜地說：「印度大麻在他身上只有這個作用。其他的反應都只是演戲而已，但我有時還是會讓他抽，因為他想演戲唬我，我覺得很好玩。」隔天，培赫里亞克來學校時，還打算擺出高高在上的模樣。「你搭上火車，」他說：「卻精挑細選該把什麼留在車站。」但他很快就會碰一鼻子灰。「你這個吹牛的傢伙，」呂希昂回道：「你或許以為我不知道你昨天在浴室裡做什麼？你在嘔吐，我的老友！」培赫里亞克臉色慘白。「是布勒杰跟你說的？」「不然還會是誰？」「很好，」培赫里亞克結結巴巴地說：「我真不敢相信，布勒杰是個會和新朋友取笑老友的人。」呂希昂有點擔心，他原本答應布勒杰什麼都不說。「好了，這沒什麼！」他說：「他不是取笑你，他只是想告訴我那沒有效果。」但培赫里亞克轉身背對他，沒和他握手就走了。再度和布勒杰見面時，呂希昂有些困窘。「您對培赫里亞克說了什麼？」布勒杰一臉平淡地問他。呂希昂垂頭不回答，覺得難受。但他突然感覺布勒杰將手放上他的後頸：「我的小朋友，這一點關係都沒有。不管怎樣，那遲早都該結束，戲子總無法取悅我太久。」呂希昂重拾一點勇氣，他抬頭微笑。「但我也是個戲子。」這樣說時，他眼瞼跳得很兇。「沒錯，但你很俊俏。」布勒杰邊說邊將呂希昂拉到身邊。呂希昂任由擺布，覺得自己溫軟得像個女生，他眼眶泛淚。布勒杰親吻他的雙頰，一面輕咬他的耳朵一面叫他「我美麗的小調皮」或「我的小弟」，呂希昂心想，擁有一個這麼寬宏大量而善體人意的大哥，真是太愜意了。

馥樂里葉夫婦想認識呂希昂一直聊到的這位布勒杰，於是邀他來家裡晚餐。所有人都認為他魅力十足，就連婕嫚也這樣認為。她從沒見過這麼好看的男人。馥樂里葉先生認識布勒杰的舅舅尼松將軍，聊他聊了很久。馥樂里葉太太也很樂意讓布勒杰在聖靈降臨節放假期間，帶呂希昂出去旅行。他們開車去盧昂，呂希昂想看看大教堂和市政廳，但布勒杰斷然拒絕。「那些垃圾？」他傲慢無禮地問。結果他們在科德利埃路上一間妓院待了兩小時，布勒杰很好笑，每個妓女他都尊稱「小姐」，一面在桌子下面用膝蓋踢呂希昂，然後他同意和其中一個上樓，但五分鐘後就回來了。「快走，」他悄悄對呂希昂說：「不然事情就嚴重了。」他們火速付賬離開。他在街上告訴呂希昂方才發生了什麼事：他趁著那女人轉身背對他時，將一大把會讓人發癢的毛丟到床上，然後他表示自己陽痿，就下樓了。呂希昂喝了兩杯威士忌，有點微醺。他唱了〈梅茲砲兵〉和〈深處陰虱〉。布勒杰的性格既深沉又孩子氣，呂希昂覺得這樣很令人讚賞。

「我只訂了一間房，」抵達旅館時，布勒杰說：「但浴室很大間。」呂希昂並不訝異，旅程途中，他已模模糊糊地想過他會和布勒杰同住一間房，但從未深入思考這件事。現在他已無法退縮。他覺得不太舒服，尤其因為他的腳很不乾淨。他幻想著，當他們將行李箱扛上樓時，布勒杰會對他說：「你好髒，你會把床單弄黑」，而他則會放肆地回答：「您對清潔的想法，非常資產階級。」但布勒杰將他連同行李箱一起推進浴室，對他說：「你在這裡把自己打點好，我去房間裡換衣服。」呂希昂洗了腳、洗了盆浴。他想開門去廁所，但又不敢，只好尿在洗手台裡面。然後他穿上睡衣，套上母親借他的拖鞋（他自己的拖鞋滿是破洞），敲敲門。「您好了嗎？」他這樣問。「好了，好了。進來吧。」布勒杰穿著黑色晨袍，裡面是天藍色的睡衣。房間有古龍水的味道。「只有一張床嗎？」呂希昂問。布勒杰沒有回答，只是愕然看著呂希昂，然後放聲大笑。「你穿的是連身睡衣！」他笑著說：「你把睡覺用的小帽帽丟到哪去了？啊！不會吧，你太逗趣了，我真想讓你看看自己的模樣。」「看吧，打從兩年前開始，」呂希昂火冒三丈地想：「我就央求我媽買大人穿的睡衣給我。」布勒杰朝他走來。「把這個脫掉吧，」布勒杰斷然說道：「我借你一件睡衣。你穿起來會有點大件，但總比現在這樣好。」呂希昂仍僵在房間中央動彈不得，雙眼直直盯著壁毯上紅綠交錯的菱形圖案。他比較想回浴室更衣，但又怕被當作傻瓜，於是一口氣把身上的襯衫往上拉，脫掉，拋開。一陣沉默，布勒杰看著呂希昂微笑，而呂希昂猛然驚覺自己全裸站在房間中央，腳下踩著他媽媽的拖鞋，上面還有絨球裝飾。他看著自己的雙手，那雙韓波的大手，想把手貼在下腹，至少遮住重要部位，但他恢復自制力，率直地將雙手放在背後。牆上兩排菱形之間，每隔一段距離，便會出現一個小小的紫色正方形。「天哪，」布勒杰說：「他和處女一樣純情。呂希昂，你看看鏡子裡的自己，你的臉都紅到胸口了。但你現在這樣明明比穿著連身睡衣好。」「沒錯，」呂希昂費力地說：「但是一絲不掛的人是很難優雅的。快拿睡衣給我吧。」布勒杰朝他抛來一件絲綢睡衣，聞起來有薰衣草的味道。他們就寢。一股凝重的沉默。「我不舒服，」呂希昂說：「我想吐。」布勒杰沒回答，呂希昂胃裡的威士忌湧了上來。「他會和我上床。」他心想。古龍水悶悶的味道掐得他喘不過氣時，壁毯上的菱形圖案轉了起來。「我不該答應這趟旅行。」他沒有機會這樣做。最近大約有二十次，他差一點就要察覺布勒杰在他身上尋求的是什麼，但每次都會發生別的事來轉移他的心思，簡直像是故意的。而現在他人在這裡，在這傢伙的床上，而對方正等著享樂。「我要拿著我的枕頭去睡浴室。」但他不敢。他想著布勒杰的諷刺眼神。他笑了起來。「我想到剛才那個妓女，」他說：「她現在一定在抓癢。」布勒杰依舊沒回答。呂希昂用眼角偷瞄他：他仰躺著，一副無辜的樣子，雙手擱在後頸下面。呂希昂心中燃起熊熊怒火，他用手肘撐起身子說：「怎麼，您在等什麼？您帶我來這裡，難道就為了幹一些無聊瑣事？」

話已出口，來不及後悔了。布勒杰將身子轉過來，促狹地端詳他：「瞧瞧我這隻擁有天使臉孔的小流鶯。小寶貝，這句話可不是我要求你說出口的——是你指望我來擾亂你的感官。」他又凝視他一陣，兩人的臉幾乎碰到對方，接著他將呂希昂擁入懷中，將手伸進睡衣愛撫他的胸部。感覺不糟，有點癢，只是布勒杰有點可怕，他一臉愚蠢地用力重複：「你不覺得羞恥嗎，小色豬，你不羞恥嗎，小色豬！」像火車站宣布列車即將離站的廣播唱盤一樣。布勒杰的手就不一樣了，既靈活又輕巧，像擁有獨立意志。他的手輕柔地拂過呂希昂的乳尖，彷彿就像是剛泡進澡盆時被熱水輕拂的感受。呂希昂很想捉住那隻手，將它從身上扯開，扭絞它，但布勒杰一定會笑說：「瞧瞧這隻童子雞。」那隻手沿著他的肚子緩緩向下滑，停在褲子的束腰繩上，解開繩結。呂希昂任憑擺布，他像個濕透的海綿一樣癱軟沉重，並感到一陣嚇人的膽寒。布勒杰拉下被子，將自己的頭放上呂希昂的胸口，看來彷彿像在聽診。呂希昂胃中酸液接連兩度湧上，他怕自己會吐在眼前如此高尚美麗的銀色頭髮上面。「您壓到我的胃了。」他說。布勒杰稍稍起身，將一隻手伸到呂希昂腰部下方；另一隻手不再愛撫呂希昂，而是來回搓弄他。「你的小屁股很漂亮。」布勒杰突然這樣說。呂希昂還以為是一場惡夢。「您喜歡嗎？」他挑逗地說。但布勒杰突然放開他，一臉氣惱地抬起頭。「小吹牛仔，」布勒杰怒道：「想要扮演韓波，結果我努力超過一小時，還是沒辦法讓他興奮。」呂希昂眼眶盈滿氣惱的淚，他使盡全力推開布勒杰。「不是我的錯，」他用嘶啞的聲音說：「您讓我喝太多酒，我想吐。」「那就去啊！去啊！」布勒杰說：「別急，慢慢吐。」接著他又小聲地說：「真是個迷人的夜晚。」呂希昂穿上褲子，套上黑色晨袍，走出房間。關上廁所的門之後，他覺得自己如此孤單、心慌意亂，因此嚎啕大哭起來。晨袍口袋沒有手帕，他只好用衛生紙擦拭眼鼻。儘管將兩隻手指伸進喉嚨，他卻吐不出來。他機械性地脫下褲子，坐在馬桶上打哆嗦。「混帳，」他心想：「這個混帳！」他深受恥辱，卻不知道自己是因為被布勒杰愛撫而感到羞恥，抑或因為沒有陷入意亂情迷的狀態而覺得羞愧。門另一邊的走廊地板發出嘎吱聲，每次作響都嚇他一跳，但他無法下決心回房去。「但我得回去了，」他想著：「非回去不可，不然他會笑我——和培赫里亞克一起嘲笑我！」他稍稍起身，但眼前隨即浮現布勒杰的臉和那愚蠢的表情，耳邊聽見他的聲音：「你不羞恥嗎，小色豬！」呂希昂再度坐回馬桶上，絕望！過了一陣子，他激烈腹瀉，稍微減緩一些不適。「從下面排出去了，」他心想：「這樣比較合我的意。」事實上，他已不再想吐。「他會弄痛我。」他突然這樣想，同時以為自己要昏倒了。最後呂希昂冷得牙齒打顫，這樣下去會著涼，於是他猛然站起身來。回到房間時，布勒杰以不自然的神情看著他。布勒杰抽著香菸，睡衣敞開，露出瘦削的胸口。呂希昂慢慢脫掉拖鞋和晨袍，一聲不吭鑽進被窩。「你還好嗎？」布勒杰問他。呂希昂聳聳肩：「我很冷！」「你要我幫你暖暖身子嗎？」「試試無妨。」呂希昂說。那一刻，他感覺一股龐然重量壓在他身上。一張溫熱柔軟的嘴貼上他的嘴巴，像一塊全生的牛排。呂希昂什麼都搞不懂了，他再也不知道身在何方，覺得有點窒息，但心情還不錯，因為身子熱了。他回想貝斯太太邊用手壓他肚子邊說「我的小娃娃」；回想賀布哈荷叫他「大蘆筍」；回想他早上洗盆浴時會想像布法迪耶先生進來幫他浣腸，他心想：「我是他的小娃娃！」就在這時，布勒杰發出一聲勝利的歡呼。「終於！」布勒杰說：「你終於下定決心。來吧，」他低聲說：「我們來為你做點什麼。」呂希昂堅持自己脫掉睡衣。

隔天，他們睡到中午。服務生端來早餐讓他們在床上享用，呂希昂覺得他表情有些傲慢。「他一定覺得我就是個雞姦者。」呂希昂心想，同時很不舒服地顫慄起來。布勒杰對他很親切，率先穿好衣服，在呂希昂泡澡時去舊市集廣場抽菸。「問題是，」呂希昂邊想邊用馬鬃手套細細搓洗身子，「這件事無聊透頂。」最初的驚恐感緩和之後，當呂希昂發現那沒有想像中那麼痛的時候，他便落入一種沉悶的厭倦之中。他老是希望事情已經結束，他可以睡覺了，但直到凌晨四點之前，布勒杰都沒放過他。「不管怎樣，我都得把三角函數的習題給算完。」他心想。之後他努力只想功課的事。那天的白天過得很漫長。布勒杰對他講起洛特雷阿蒙⓫的一生，但呂希昂聽得不太專心。布勒杰惹得他有些煩躁。晚上他們在科德貝克（Caudebec）小鎮過夜，布勒杰當然糾纏呂希昂好一段時間，但凌晨一點左右，呂希昂直截了當表示自己很睏，布勒杰不再堅持，而且沒有生氣。他們在傍晚時分回到巴黎。整體而言，呂希昂對自己的表現還算滿意。

他的雙親熱情迎接他。「你有好好謝謝布勒杰先生嗎？」他母親問道。他和他們聊了好一陣子諾曼第鄉下的話題，接著早早就寢。他睡得很沉很香，但隔天早上醒來時，他覺得身體內部正在顫抖。他從床上爬起來，久久凝視鏡中

⓫ 譯註：洛特雷阿蒙侯爵（Comte de Lautréamont，1846～1870），法國詩人，前述《馬爾多羅之歌》之作者。

的自己。「我是個雞姦者。」他心想。他意志消沉。「呂希昂，起床了，」他母親在門外大嚷：「你今早得上學。」「好的，媽媽。」他順從回應，卻任自己倒在床上，盯著自己的腳指。「太不公平了，我那時不知這是怎麼回事，我沒有經驗。」這些腳指，有個男人一一舔過。呂希昂猛然轉頭：「而他知道。他讓我做的事是有稱呼的，這叫做和男人上床，他心知肚明。」真好笑——呂希昂苦悶地微笑，想著人可以成天這樣問自己：我聰明嗎，我自以為了不起嗎，卻總是沒有答案。但是，有些標籤卻可以在某天清晨就這樣被貼到你身上，接下來你得一輩子背負它，譬如呂希昂很高；一頭金髮；長得像父親；是個獨生子；還有，打從昨晚開始，他是個雞姦者。別人會這樣談論他：「您知道誰是馥樂里葉嗎，那個金髮高個兒，愛男人的傢伙？」而其他人會回答：「啊！對。那個高大的雞姦者？我知道他是誰。」

他著裝出門，但沒心情去學校。他沿著朗巴勒大道向下走，一路走到賽納河畔，沿著堤岸繼續前行。藍天澄澈，街上飄蕩著綠葉新芽、柏油與英國香菸的氣息。這是將乾淨衣服套上清潔的身體、享受靈魂煥然一新的理想時節。每個人看來都品性端正，唯有呂希昂覺得自己在這一片春光明媚之中格格不入、行跡可疑。「這是命中注定的必然趨勢，」他心想：「我一開始是伊底帕斯情結，然後變成肛門滯留型虐待狂，現在是最精采的：我是雞姦者。這樣下去我會變成怎樣？」他的情況顯然還不算太嚴重，畢竟布勒杰的愛撫並未帶來太多快感。「但如果養成習慣呢？」他焦慮地想：「我會上癮，那會像嗎啡一樣！」他會成為墮落的人，誰都不會再邀他，他父親的工人會在他發號施令時嘲笑他。呂希昂誇大地幻想自己恐怖的命運。他想像三十五歲的自己，矯揉造作、濃妝艷抹，而一名配戴榮譽勳章、留著鬍子的先生會以駭人的臉色舉起手杖。「先生，您在這裡會侮辱我的女兒們。」突然一個踉蹌，他猛然停止內心戲，想起布勒杰說的一句話。在科德貝克小鎮過夜那晚，布勒杰對他說：「怎麼來著！你迷上這件事了！」他這話是什麼意思？呂希昂又不是木頭做的，被一直亂摸之下，當然……「那無法證明什麼。」他擔憂地想著。但據說這些人很懂得如何辨識同類，那就像一種第六感。有個警察在耶拿橋頭指揮交通，呂希昂久久凝視著他。「這名警官是否能夠讓我感到興奮呢？」他盯著警官的藍色長褲，想像毛茸茸的、肌肉壯碩的大腿：「我對這有反應嗎？」離開時他鬆了一大口氣。「沒那麼嚴重，」他心想：「我還可以抽身。他利用我的苦惱混亂，但我並不是真的雞姦者。」他對路上看見的每個男人都做同樣測試，每次結果都相同。「呼！」他想：「嚇死我了！」一道警鐘，僅此而已。這行為不能再犯，因為壞習慣總很快染上，目前最緊急的要務是治癒他的情結。他決定諮詢專業的精神分析醫師，但不告訴父母。然後他會找個情婦，成為一個和其他男人一樣的男人。

呂希昂開始放心，卻突然想到布勒杰：此時此刻，布勒杰身在巴黎某處，他正高歌自己的表現，滿腦子都是回憶。「他知道我的身體是什麼樣子，他熟知我的嘴唇，那時他對我說：『你身上有股味道，我不會忘記。』他會去跟朋友炫耀說：『我占有了他』，彷彿我是個娘兒們似的。說不定他現在正在把他的豔福講給……（呂希昂的心跳彷彿暫停）講給培赫里亞克聽！如果他真的這樣做，我要殺了他，培赫里亞克痛恨我，他會把這件事告訴全班，那我就完了，朋友會拒絕跟我握手。我會說那不是真的，」呂希昂幾乎失去理智，「我會告上法院，我會說他強暴我！」呂希昂全心全意怨恨布勒杰，如果沒有他，如果沒有他那可恥而無法改變的意識的話，一切都還能處理妥當，誰都不會知道這件事，最後連呂希昂本人也會遺忘。「如果他突然猝死就好了！上帝啊，我求求祢，讓他今夜死去，在還沒跟任何人講這件事之前死去。我的上帝，求祢讓這件事被遺忘，祢不會希望我成為雞姦者吧！無論如何，他手上有我的把柄！」呂希昂忿忿不平地想：「我必須再回他那兒，做所有他要我做的事，還得說我喜歡這樣，不然我就完了！」他又走了幾步，接著為了謹慎起見，他再度開口：「上帝啊，請讓培赫里亞克也死掉吧。」

呂希昂竭力抑止自己別回布勒杰家。接下來幾週，他走到哪兒都以為會遇到布勒杰；在房裡唸書時，門鈴聲會嚇他一跳；夜裡，他的夢魘極度駭人：布勒杰在聖路易中學的中庭強行占有他，全班同學都在場，邊看邊笑。但布勒杰絲毫未曾試圖和呂希昂見面，也沒有任何聯絡。「他只是想毀了我。」呂希昂惱怒地想著。培赫里亞克也不知去向，週日有時會和他一起去賽馬場的圭賈爾說，培赫里亞克因為精神抑鬱症發作而離開巴黎。呂希昂漸漸冷靜下來，他的盧昂之旅如今就像一場模糊而荒誕的夢，並不代表什麼。他幾乎已經遺忘所有細節，記憶中只剩一種印象：古龍水和肉體的陰鬱氣息，還有難以忍受的厭煩。馥樂里葉先生數度問起他朋友布勒杰的近況：「我們得邀他去費羅勒鎮，以資感謝。」「他搬去紐約了。」最後呂希昂這樣回答。他和圭賈爾還有他妹一起去馬恩河乘船遊逛好幾回，圭賈爾教他跳舞。「我正在甦醒，」他心想：「我正在重生。」但他依舊經常感覺背上有股重擔，像個包袱，那是他的情結。他暗忖自己是否該去維也納找佛洛伊德：「我會兩手空空出發，如果有必要的話就用走的過去，我會對他說：我沒有錢，但我是一名個案。」六月一個炎熱的午後，他在聖米歇爾大道遇見巴卜安，他的高中哲學老師。「所以，馥樂里葉，」巴卜安說：「您準備考巴黎中央理工學院？」「是的，老師。」呂希昂說。「您其實可以專攻文科，」巴卜安說：「您在哲學方面表現優異。」「我並未放棄哲學，」呂希昂說：「今年我讀了一些書，比方佛洛伊德。說到這個，」呂希昂靈機一動這樣問：「老師，我想請教一個問題：您對精神分析有何想法？」巴卜安笑了起來。「那是一種風潮，」他說：「遲早會退流行。佛洛伊德的學說當中，最值得一讀的部分，都能在柏拉圖的理論中找到一樣的說法。至於剩下的部分，」他斬釘截鐵地說：「我會告訴您，我不會傻到相信這些無聊話。您不如去讀史賓諾沙。」呂希昂覺得自己從沉沉重擔之中徹底解脫，他邊吹口哨邊走回家。「那是一場惡夢，」他想：「但現在已經什麼都不剩了！」這天驕陽熾烈，但呂希昂抬頭凝視太陽，眼睛眨也不眨：太陽屬於每個人，呂希昂有權直視它——他得救了！「一些無聊話！」他想著：「那只是一些無聊話！他們試圖引誘我陷入錯亂，但我沒有上當。」事實上，他從未停止抵抗：布勒杰用三寸不爛之舌哄騙了他，但呂希昂早已察覺有異，譬如，韓波的雞姦癖好是一種缺陷。而當培赫里亞克想誘騙他吸食印度大麻時，呂希昂乾淨俐落地打發他。「我差點迷失，」他心想：「是我的精神健康保護了我！」當晚用餐時，他看著父親，心中滿懷好感。馥樂里葉先生的肩膀方方正正，舉手投足緩慢而不靈巧，十足是個鄉下人；他有某種血統純正的高貴特質，灰色的雙眼色調如鐵，非常冷靜的、領袖的眼神。「我很像他。」呂希昂這樣想，他想到馥樂里葉一家四代都是工廠領袖，由父傳子。「不管別人怎麼說，家族確實是存在的！」接著他自豪地想著馥樂里葉家族的精神健康。

這一年，呂希昂不報考巴黎中央理工學院，馥樂里葉一家早早回到費羅勒鎮度夏日假期。呂希昂很開心能夠尋回這裡的屋子、花園、工廠；寧靜而平衡的小鎮。這裡是另一個世界：他決定每天早起，盡情漫遊鄰近鄉野。「我想用新鮮空氣填滿肺部，」他對父親說：「好有足夠的健康來準備明年的考前衝刺。」他陪伴母親造訪布法迪耶一家和貝斯一家，所有人都覺得他已成長為一名通情達理、沉著穩重的大男孩。在巴黎攻讀法學課程的賀布哈荷以及溫克爾曼也回費羅勒鎮度假，呂希昂和他們一同出遊幾次，三人聊起從前對賈克瑪老師的惡作劇、開懷的單車踏青時光，並合唱〈梅茲砲兵〉。呂希昂極為讚賞兩位老同學粗獷的坦率與踏實，並責怪自己先前無視他們。他向賀布哈荷坦承自己一點都不喜歡巴黎，但賀布哈荷無法理解：他的雙親將他託付給一名修士，他被照顧得很好，至今仍醉心於羅浮宮的參觀行程和歌劇院之夜。這份單純使呂希昂心生憐憫，他覺得自己像是賀布哈荷和溫克爾曼的大哥哥，並開始認為自己並不後悔經歷一段苦痛難熬的人生：他因此經驗豐富。他和他們聊起佛洛伊德和精神分析，並多少以驚駭他們為樂。他們猛烈抨擊關於情結的理論，但他們的反對論調非常天真無知，呂希昂向他們論證這一點之後，進一步告訴他們：若採取哲學立場，便能輕易駁斥佛洛伊德的謬誤。賀布哈荷和溫克爾曼非常欽佩他，但呂希昂佯裝沒發現這一點。

馥樂里葉先生向呂希昂解說工廠如何運作。他帶呂希昂參觀工廠的主要建物，呂希昂花許多時間觀察工人工作。「如果我死掉的話，」馥樂里葉先生說：「你必須隔天就能夠指揮廠裡所有運作。」呂希昂咕噥抱怨：「親愛的老爸，你可以不要講這種事嗎！」但接下來幾天他都想著這份遲早要由他背負的重責大任，因此覺得沉重。他們長談了好幾次，聊身為老闆的責任，馥樂里葉先生告訴他，擁有一間工廠並非享受權利，而是承擔義務。「他們何必拿階級抗爭來煩我們，」馥樂里葉先生說：「彷彿老闆的利益和工人的利益是相對的！在我這兒不是這樣，呂希昂，我是個小老闆，巴黎的行話管我們這種叫作小投機者。怎麼說呢，我幫助一百個工人養家餬口，如果我賺錢的話，他們是首先受益的人。但我如果被迫關閉工廠，他們就流落街頭了。」他用力說：「我無權賠錢。這個，我稱之為階級團結。」

三個多星期的期間，一切都好極了。他幾乎不再想起布勒杰。他已原諒布勒杰，只期望此生永遠不會再見到他。有時當他更衣，他會湊近鏡子，訝異地看著鏡中的自己。「曾有男人對這身體產生慾望。」他心想。他的雙手緩緩在腿上遊走，他想著：「有個男人曾因這雙腿而意亂情迷。」他觸摸自己的腰，懊惱自己不是別人，無法像輕撫絲綢一樣撫摸他自己的身體。有時他會懷念他那些情結，它們很堅實、很沉重，巨大而陰暗，填充了他的內在。如今那已然結束，呂希昂不再相信這一套，他感到一股讓人難受的輕盈。這感受並非如此不快，而且毋寧該說是一種非常可以忍受的醒悟，稍稍令人作嘔，甚至可以視為一種厭倦。「我什麼都不是，」他心想：「但那是因為我絲毫沒有被玷汙。至於培赫里亞克呢，他就深陷其中。我很願意忍受一點不確定感：這是保持純淨的代價。」

一次散步途中，他坐在斜坡上，心想：「我睡了六年，然後有一天，我破繭而出。」他朝氣蓬勃，以欣喜的神情看著風景。「我是為了行動而生的！」他這樣想。但他心中這份光輝榮耀，隨即轉為黯淡。他低聲說：「讓他們再等一會，我會證明自己的價值。」這句話他說得很用力，但說出口的字句卻兀自打轉，像空蕩蕩的貝殼。「我怎麼了？」他不願承認心中這股奇特的擔憂，先前他已因此飽受痛苦。他心想：「是這道沉默……這地方……」沒有半個活人，唯有蟋蟀在塵灰中費力拖行牠們黃黑交錯的肚子。呂希昂厭惡蟋蟀，因為牠們總是一副半死不活的樣子。路對面是荊棘叢生的灰色荒原，土壤龜裂，傾額歪斜，一路延伸至河岸。沒人看見呂希昂，也沒人能聽見他的聲音。他原地跳躍，感覺自己的動作彷彿毫無阻力，連地心引力都沒能起作用。此刻，他站在灰色雲朵的簾幕下。彷彿存在於空無之中。「這寂靜……」他心想。那不只是寂靜，而是虛無。呂希昂周圍這片鄉野格外幽靜、萎靡、冷酷，田野像是把自己縮得很小、屏住呼吸，以免干擾到他。「當梅茲的砲兵回到駐防軍隊……」歌聲在他唇畔消失，像火焰熄滅於真空之中，呂希昂獨自一人，沒有影子，沒有回音，置身於這片過度隱晦的、沒有重力的自然風光之中。他打起精神，試著重拾思路。「我是為了行動而生。首先，我有活力：我會做出一些蠢事，但不會鬧大，因為我懂得自制。」他心想：「我的精神很健全。」但他停止這樣思考，同時做了個倒胃口的鬼臉。在垂死昆蟲紛紛橫渡的這條慘白道路上談論「精神健康」，真是太荒唐了。一怒之下，呂希昂踩踏一隻蟋蟀，感覺牠在鞋底下縮成一顆有彈性的小球，當他抬起腳後，蟋蟀還活著，於是他朝牠吐痰。

「我很茫然。我不知所措。就像去年一樣。」他想著溫克爾曼說他是「好手中的好手」，想著馥樂里葉先生將他當作成年男子看待，想著貝斯太太先前對他說：「這個大男孩，我從前都叫他『我的小娃娃』，現在我幾乎只敢稱呼他『您』，他讓我敬畏。」但他們很遠，非常遠，他覺得真正的呂希昂彷彿已經迷失，只剩下一隻蒼白而迷惑的幼蟲。「我是什麼？」大片大片的荒野，地面平坦而龜裂，寸草不生、毫無氣味，唯有他這支蘆筍從灰色地面當中直挺挺鑽出來，如此異乎尋常，身後連影子都沒有。「我是什麼？」這問題從去年暑假至今都沒有變，彷彿自從去年被呂希昂留在這裡之後，就一直在原地等他回來一樣。或許它不是一個問題，而是一種狀態。呂希昂聳聳肩。「我太認真了，」他心想：「我太沉迷於自我分析。」

接下來幾天，他盡力不再去分析自己，他希望能著迷於周遭事物，於是久久凝望蛋杯、餐巾環、樹木、店面；他問母親願不願意讓他看看她收藏的銀製餐具，她因此倍感得意。但當他看著那些銀器時，他以為自己正看著銀器，而在他的目光後方，一道生氣勃勃的微小濃霧震顫閃爍。呂希昂儘管聚精會神和馥樂里葉先生聊天，那濃霧卻在他認真傾聽父親說話時，悄悄鑽到他的注意力後方，它既豐沛又微弱，稀薄而不透明的質感像是偽裝的光芒；這霧就是他自己。有時呂希昂惱怒不已，他不再傾聽，轉身試圖逮住那濃霧，正面直視它，卻只撞見空無，那霧仍在後方。

婕嫚淚眼汪汪告訴馥樂里葉太太，她弟弟患上了支氣管肺炎。「我可憐的婕嫚，」馥樂里葉太太說：「您一向都說他很健壯！」她准許婕嫚請一個月的事假，並找了一個工廠工人的女兒來幫婕嫚代班，她名叫蓓荷特·莫傑爾，年方十七歲。她個子嬌小，金色髮辮盤在後腦杓周圍，稍微有點跛腳。由於她出身於孔卡爾諾，馥樂里葉太太便請她戴上布列塔尼的傳統蕾絲頭飾：「這樣比較親切。」打從她剛來這裡的時候開始，每次遇見呂希昂時，她藍色的大眼睛便會閃現一抹既謙卑又熾烈的仰慕神情，呂希昂明白她很喜歡他。他以親密的態度對她說話，問她好幾次：「您在我們這兒還開心嗎？」他會故意在走廊上和她擦身而過，看會不會激發一點感覺。但她打動了他，而他在這份愛意中獲得了極其珍貴的撫慰。他經常心懷一絲感動之情，猜想蓓荷特心中的他是什麼模樣。「我確實一點都不像她認識的年輕工人。」他找個藉口請溫克爾曼來家裡，而溫克爾曼認為她身材很勻襯。「你這個走狗運的小子，」他說：「如果是我的話，我就上了。」但呂希昂猶豫不決，因為她身上有汗味，黑色短衫的腋下部位更是嚴重。九月一個下雨的午後，馥樂里葉太太乘車去了巴黎，呂希昂獨自待在房間裡。他躺在床上，開始打呵欠。他覺得自己像一朵變幻莫測而轉瞬即逝的雲，永遠是同一朵，又永遠是另一朵，總是正在消融於空氣中，由邊緣開始消褪。「真不知道我為什麼存在？」他在這裡，正在消化午餐，正在打呵欠，他聽見雨水敲打窗戶的聲音，而這道白色薄霧在他腦中消散：然後呢？他的存在是一樁恥辱，儘管日後他將承擔重責大任，也僅能勉強證明他值得存在。「不管怎樣，我又沒有要求被生下來。」他心想。他對自己心生憐憫。他回想自己孩提時期的憂慮，他漫長的夢遊症，而這些往事如今以一種新面相顯現出來：內心深處，生命一直不斷為難他，生命是體積龐大的無用禮物，他用雙臂抱著它，不知該拿它做什麼、能將它放在哪裡。「我把時間用來惋惜自己被生了出來。」他太過消沉，無法進一步思索這些事。他起身點燃一支香菸，下樓去廚房請蓓荷特泡一壺茶。

她沒看見他進廚房。他碰觸她肩膀時，她猛然大吃一驚。「我嚇到您了？」他問。她以驚駭的神情看著他，雙手撐在桌上，胸口劇烈起伏，過了一陣子，她面露微笑，說道：「我嚇了一跳，我以為這裡沒有別人。」呂希昂也寬恕地對她微笑，他對她說：「您能否好心幫我泡一壺茶呢。」「馬上來，呂希昂先生。」她這樣回答，接著逃到爐灶前。她似乎因呂希昂在場而覺得不自在。呂希昂待在門口，躊躇不前。「那麼，」他以慈祥的態度問：「您在我們這兒還開心嗎？」蓓荷特背對他，將自來水盛進鍋子裡。水聲掩蓋她的回答。呂希昂等了一會，她將鍋子放上瓦斯爐之後，他再度開口：「您抽過菸嗎？」「偶爾。」她語帶猜疑。他打開一包黑貓香菸，遞給她，覺得不太高興，似乎正在損害自己的名譽。他不該請她抽菸。「您要我……抽菸？」她驚訝地說。「有何不可？」「太太會責備我。」呂希昂有種恍如共犯的感覺，因此不太愉快。他笑出聲來，對她說：「我們不跟她講。」蓓荷特臉紅了，她用指尖抽出一支菸，插進嘴裡。「我該幫她點菸嗎？這樣會不合禮節。」他說：「怎麼，您不點菸嗎？」她惹惱了他。她乖巧溫順站在那兒，雙臂僵直，滿臉通紅，嘴巴像雞屁股嘟起來圈住香菸，彷彿嘴裡插的是溫度計。最後她從白鐵盒裡拿出一根火柴，點燃它，眨著眼睛抽了幾口，然後說：「好甜。」她匆匆將菸從嘴裡拿出來，笨拙地用五根手指緊握它。「她是天生的受害者。」呂希昂這樣想。然而，他問她喜不喜歡家鄉布列塔尼時，她稍微放鬆了點。她向他描述各式各樣的布列塔尼頭飾，還用悅耳但走調的歌聲，唱了一首關於小城羅斯波爾當（Rosporden）的歌。呂希昂親切地戲弄她，但她沒聽懂他的玩笑，因而一臉驚慌失措地看著他，這種時候的她，就像一隻兔子。他坐上一張板凳，覺得很愜意。「您坐下來吧。」他對她說。「噢！不行，呂希昂先生，我不能在呂希昂先生面前坐下。」他捉住她手臂下方，將她拉到自己腿上坐著。「這樣的話呢？」他問她。她任憑擺布，一面喃喃地用奇特的口音說：「在您腿上！」她的口吻聽起來心醉神迷，但又帶點責難，而呂希昂厭煩地想著：「我做得太過火了，我真不該這麼離譜。」他閉口不語，她仍坐在他腿上，她的身子很暖，一臉平靜，但呂希昂能感覺她的心跳。「她是我的所有物，」他心想：「我想做什麼都可以。」他放開她，拿起茶壺，上樓回房間。蓓荷特沒有作勢挽留他。喝茶之前，呂希昂用母親的香皂洗手，因為手上有她腋下的味道。

「我會和她上床嗎？」接下來幾天，呂希昂滿腦子只有這個疑問。蓓荷特不斷出現在他會經過的地方，用宛如長耳獵犬的悲傷大眼凝視著他。道德戰勝了他，呂希昂知道自己經驗不足，極可能害她懷孕（他不可能在費羅勒鎮買保險套，他在這地方太有名了），讓馥樂里葉先生惹上大麻煩。他也告訴自己，如果他以後掌管工廠時，哪個工人的女兒吹噓自己和他上過床的話，會損害他的威信。「我無權碰她。」九月最後幾天，他避免和蓓荷特獨處。「所以呢，」溫克爾曼問他：「你還在等什麼？」「行不通，」呂希昂漠然回應：「我不喜歡主僕之戀。」溫克爾曼從沒聽過主僕之戀這名詞，他輕吹一聲口哨，不再作聲。

呂希昂對自己的表現很滿意，他處理得很瀟灑，足以彌補先前的錯誤。「她唾手可得。」他略帶遺憾地想。但深思熟慮之後，他心想：「我其實已經等於得到她了，她向我獻身，是我不願意。」從此，他認為自己已非處男之身。這輕微的滿足感占據他心頭好幾天，接著亦消散於薄霧之中。十月開學時，他覺得自己和去年開學時一樣沮喪。

培赫里亞克沒回學校，沒人知道他的近況。班上出現幾張陌生臉孔，坐在呂希昂右邊的同學名叫勒莫爾東，之前在普瓦捷讀了一年專業數學班。他比呂希昂還要高大，留著黑色的鬍子，因此已經有了成年男人的模樣。再度見到同學時，呂希昂並不喜悅，覺得他們很幼稚，頭腦簡單又愛吵鬧，簡直就是神學院的學生。他仍然會參與他們的集體口號，但只是馬虎應付，不過這一點恰好印證他身為「二年級學生」的特質。勒莫爾東比其他人吸引呂希昂，是因為他很成熟，但他看來不像呂希昂那樣，是透過各式各樣的痛苦體驗而變得成熟；他天生就是成年人。呂希昂經常以愉悅的心情凝視勒莫爾東那顆碩大的、若有所思的頭顱，斜縮在雙肩之中而看不見脖子，似乎什麼東西都無法滲透他的腦袋，不可能透過耳朵，也不會是經由那雙微紅空洞、宛如中國人的小眼睛。「這傢伙擁有信念。」呂希昂心懷敬意想著。他暗忖是什麼理念給了勒莫爾東此等自信，這多少讓呂希昂有點嫉妒。「這就是我應該成為的模樣：一尊巖石。」但他還是有點訝異，勒莫爾東竟然擁有數學頭腦；直到胡森老師發還第一批作業時，呂希昂才放下心來：他第七名，而勒莫爾東的分數遠遠不及格，排名七十八。一切都合乎常理。勒莫爾東不為所動，他似乎已做好最壞打算，而他的小嘴和光滑渾圓的蠟黃臉頰並不適合流露情感，他是一尊菩薩。他只公然發怒一次，那天洛伊威在更衣室撞到他，他先是雙眼狂眨，喃喃發出十幾道尖銳的咕噥聲。「滾去波蘭！」他終於開口：「滾去波蘭！骯髒的猶太佬，別來我們這兒惹人厭。」他高高俯視洛伊威，結實的身子左右搖擺。最後他甩了洛伊威兩巴掌，瘦小的洛伊威向他道歉，這件事就此落幕。

星期四，圭賈爾會帶呂希昂去他妹妹的朋友家裡跳舞。但後來圭賈爾向呂希昂坦承，自己對這類小型舞會感到厭倦。「我有個女友，」圭賈爾說：「她是皇家路上那家普利斯尼耶的首席裁縫師。她有個女性好友沒有對象，你週六晚上應該跟我們一起出來玩。」呂希昂回家大吵大鬧，父母終於准許他每週六都能出門，他們會把鑰匙藏在門氈下面。晚上九點左右，他去聖奧諾雷街一間酒吧和圭賈爾會面。「等會你就會看到，」圭賈爾說：「芬妮很有魅力，而且她的優點是懂得打扮。」「那我那個呢？」「我不認識她，只知道她是個小助理，來自安古蘭，剛搬來巴黎。對了，」他說：「你別說出什麼蠢話。我名叫皮耶．竇哈。你呢，因為你一頭金髮，我跟她們說你有英國血統，這樣比較好。你名叫呂希昂．波尼葉。」「為什麼？」呂希昂好奇地問。「我的老友，」圭賈爾回道：「這是規矩。你對這些女人想做什麼就做什麼，但絕對不能說出你的名字。」「好吧，好吧！」呂希昂說：「那我做的是什麼工作？」「你就說你是大學生，這樣比較好，你知道，她們會因此得意，你帶她們出去時也可以不用花太昂貴的錢。關於花費，當然是我們平分，但今晚你讓我先付，因為我比較有經驗。星期一我再告訴你該還我多少錢。」呂希昂立刻懷疑圭賈爾想趁機賺點小錢。「我變得多麼疑神疑鬼啊！」他心想，並因此覺得好笑。芬妮幾乎即刻抵達，她是個高高瘦瘦的棕髮女生，腿很長，濃妝艷抹。呂希昂覺得她很有魄力。「這是我跟妳提過的波尼葉。」圭賈爾說。「幸會。」芬妮以近視般的朦朧眼神說：「這是我朋友穆德。」呂希昂看著眼前這名嬌小的乖巧女子，看不出年齡，頭上的花飾像翻倒的花盆。她沒化妝，在光鮮奪目的芬妮身邊顯得暗淡蒼白。呂希昂很失望，但他察覺她的嘴唇很漂亮，而且在她面前應該不需裝腔作勢。圭賈爾很有技巧地提前付清啤酒的錢，然後趁著她們抵達時一片喧嘩，快活地將芬妮與穆德往門邊推去，不讓她們有時間消費。呂希昂很感激他，因為馥樂里葉先生每週只給他一百二十五法郎，這筆錢他還得拿來支付電話費。那天晚上，他們玩得很開心。他們去拉丁區一間小舞廳跳舞，裡面很熱，粉色裝潢，有幾個陰暗的小角落，調酒售價五法郎。場內許多大學生身邊伴隨著芬妮這型的女人，但都沒有芬妮出色。芬妮很強悍，她直視一個抽菸斗的壯碩大鬍子高聲說：「我討厭在舞廳抽菸斗的人。」那傢伙面紅耳赤，將點燃的菸斗收回口袋裡。她對待圭賈爾和呂希昂的態度有點高傲，對他們說了好幾次：「你們是壞蛋小鬼頭。」口吻親切得像個慈母。呂希昂感到輕鬆自在，滿嘴甜言蜜語。他對芬妮講了一些趣聞，說的時候總面帶微笑。最後他的臉再也離不開微笑，而他學會拿捏一種文雅講究的口吻，伴隨一點點無拘無束的漫不經心，以及夾帶一絲嘲諷的謙恭柔情。但芬妮很少對他說話，她捧起圭賈爾的下巴，拉扯他下垂的臉頰，好讓嘴唇突顯出來。當他的雙唇顯得肥厚而且略微流涎，像是汁液飽脹的果實或蛞蝓的時候，她小口小口舔了起來，一面用英語叫他「寶貝」。呂希昂非常難為情，他覺得圭賈爾看起來很滑稽：圭賈爾的嘴巴周圍沾上口紅，臉頰上有手指按壓的痕跡。但其他情侶的舉止更加放肆：所有人都在接吻。管理寄物處的女士不時提著一個小籃子走過，一邊拋擲彩帶和彩色小球一邊嚷著：「好極了，孩子們，好好享樂，笑吧，好極了，好極了！」於是所有人都笑了。呂希昂終於想起身邊的穆德，他微笑著對她說：「您看看這些放縱的小情侶。」他指著圭賈爾和芬妮說：「我們其他人呢，是高尚的老頭子……」這句話他沒說完，但他的微笑如此怪誕，於是穆德也跟著微笑。她摘下帽子，呂希昂欣喜地發現，她其實比舞廳裡其他女人好多了。他邀她共舞，對她講起高中畢業那年，他如何向老師們起鬨。她很會跳舞，雙眸烏黑，眼神很認真，神情老練。呂希昂聊起蓓荷特的事，說他有點後悔。「但是，」他說：「這樣對她比較好。」穆德認為蓓荷特這件事很詩意也很哀傷，她問他蓓荷特在他父母家的工資是多少。「一名年輕女孩受制於種種條件，」她說：「並不好受。」圭賈爾和芬妮不再理會他們，兩人忙著愛撫對方，圭賈爾的臉濕答答的。呂希昂不時重複那句「您看看這些放縱的小情侶，瞧瞧他們！」他已準備好下一句話。「他們讓我想做一樣的事。」但他不敢說出口，他只是微笑，接著假裝他和穆德是鄙棄愛情的多年老友，他叫她「老哥兒們」

並作勢拍她肩膀。芬妮突然轉過頭來，一臉訝異看著他們。「怎麼呢，」她說：「小班的朋友們，你們在做什麼？接吻吧，你們想得要死。」呂希昂將穆德擁入懷中，有點難為情，因為芬妮正看著他們。他希望能夠吻得又持久又成功，但他不知道大家是怎麼在接吻時呼吸的。結果沒有他想得難，只要斜斜地吻，鼻孔就有空間呼吸。他聽見圭賈爾數著「一、二……三……四……」，在數到五十二時放開穆德。「以首度接吻來說算很不錯，」圭賈爾說：「但我可以做得更好。」呂希昂盯著腕錶，換他報數：圭賈爾在第一百五十九秒鬆開芬妮的唇。呂希昂很生氣，覺得這比賽很愚蠢。「我是為了低調才停止接吻，」他想著：「真不聰明，一旦理解如何在接吻時呼吸，就可以永永遠遠一直親下去。」他提議再比一輪，這次他贏了。眾人結束之後，穆德看著呂希昂，認真地告訴他：「您很會接吻。」呂希昂開心得臉紅。「竭誠為您服務。」他這樣回答，同時對她鞠躬。但他仍舊比較想親吻芬妮。他們在午夜十二點半左右散會，趕搭最後一班地鐵。呂希昂心花怒放，在萊努合大街上跳躍起舞，心想：「這事萬無一失了。」他因過度微笑而嘴角痠疼。

他和穆德習慣在週四下午六點與週六晚上見面。她會讓他吻她，但不願獻身於他。呂希昂向圭賈爾抱怨這件事，圭賈爾要他安心。「你別煩惱，」圭賈爾說：「芬妮很肯定穆德一定會跟你上床，只是穆德還很年輕，只交往過兩個情人。芬妮建議你要對她非常溫柔體貼。」「溫柔體貼？」呂希昂說：「你能體會我的心情嗎？」他們兩人都笑了，最後圭賈爾說：「我的老夥伴，該做的還是得做。」呂希昂對穆德非常溫柔體貼，他常常吻她，說他愛她，但這樣久了多少有點單調，而且呂希昂和她交往感覺不太體面，他很想給她一些梳裝打扮方面的建議，但她對此抱持諸多偏見，很快就會生氣。不接吻的時候他們很沉默，兩人手牽著手，目光呆滯。「她眼神這麼嚴肅，天知道她在想什麼。」呂希昂腦子裡始終是同一件事：他那悲哀的、茫然的、微不足道的存在。他暗忖：「我真想成為勒莫爾東，看啊，就是有人能找到該走的路！」像這樣的時刻，他會從他人的角度來看待自己：坐在心愛的女人身邊，兩人牽著手，雙唇因方才的吻而濕潤，而她拒絕給予那唯一的、卑微的幸福。於是他緊緊握住穆德的手指，熱淚盈眶：他多希望能夠讓她幸福。

十二月一個早晨，勒莫爾東來到呂希昂身邊，手中拿著一張紙。「你要不要連署？」他問呂希昂。「這是什麼？」「高等師範學院那批猶太佬寄了一篇爛文章給《勞動報》（*L'Œuvre*），聲明反對強制軍事訓練，有兩百人連署。所以我們要反擊，我們至少需要一千人簽名：聖西爾軍校生、海軍預備生、農校生、綜合理工學院學生，所有上流階層，我們都要請他們簽。」呂希昂覺得被恭維了，他問：「會刊登嗎？」「肯定會發表在《法國行動報》（*L'Action Française*）。或許《巴黎回聲報》（*L'Echo de Paris*）也會登。」呂希昂很想立刻簽下去，但這樣似乎不太謹慎。他拿起宣言，專心研讀。勒莫爾東又說：「你好像不碰政治。這是你的事。但你是法國人，你有權發表意見。」聽見「你有權發表意見」這句話時，呂希昂體驗到一陣短暫的、不可思議的快樂。他簽下自己的名字。翌日，他買了一份《法國行動報》，但沒看見那份聲明。這份宣言直到週四才見報，刊在第二版，標題是〈法國青年迎面重擊猶太跨國諸黨〉。他的名字就刊在那兒，簡潔、明確，離勒莫爾東的名字不遠，幾乎和他前面的符雷許以及後面的傅立伯一樣置身事外，顯得隆重優雅。「呂希昂·馥樂里葉」，他心想：「鄉下人的名字，很法國人的名字。」他高聲朗讀文中所有F開頭的姓氏，輪到自己時，他用假裝沒聽過這名字的態度來唸它。之後他將報紙塞進口袋，欣喜若狂地回到家裡。

幾天後，他去找勒莫爾東。「你參與政治嗎？」他問道。「我是聯盟成員，」勒莫爾東說：「你會讀《法國行動報》嗎？」「不常，」呂希昂坦承道：「至今我都對這沒興趣，但我想我正在改變。」勒莫爾東用他一貫的漠然神情看著呂希昂，不帶一絲好奇。呂希昂簡潔扼要地講了自己的事，向他敘述先前培赫里亞克稱為「苦惱混亂」的困境。「你是哪裡來的？」勒莫爾東問他。「費羅勒鎮。我父親在那兒有間工廠。」「你在那裡待到幾歲？」「高一那年。」「我懂了，」勒莫爾東說：「這個嘛，事情很簡單，你是個背井離鄉的失根者。你讀巴雷斯⓬嗎？」「讀過《柯麗特．葆都許》（*Colette Baudoche*）。」「不是這個。」勒莫爾東不耐地說：「今天下午我拿《離開本根的人》（*Les Déracinés*）給你，這本書寫的就是你的故事。你會在書中找到病因與解藥。」書的封面是綠色皮革，扉頁以哥德式字體寫著「安德烈．勒莫爾東藏書」。呂希昂很訝異，他從沒想過，勒莫爾東的名字如此普通。

他滿腹懷疑開始閱讀，這種事他已遇過無數次：總有人想向他解釋什麼，總有人把書借給他說：「讀讀這個，寫的完全是你。」呂希昂微笑，帶點悲傷地想著，他才不是能用三言兩語闡明的人。伊底帕斯情結、苦惱混亂，這一切

⓬ 譯註：莫里斯．巴雷斯（Maurice Barrès，1862～1923），法國作家暨政治家，倡導民族主義。

真是一場兒戲，多麼久遠啊！然而，這本書自開頭便深深吸引他：首先它並非心理學（呂希昂已經受夠了心理學），巴雷斯筆下這些年輕人並非抽象的人，不是韓波或魏爾倫那種失去社會地位的人，也沒有病，不像佛洛伊德筆下那些遊手好閒的維也納病患。巴雷斯首先描述他們身處的環境與家庭背景：他們成長於外省，在踏實穩固的傳統中接受良好的教養。呂希昂認為書中的史圖赫（Sturel）和自己很像。「確實沒錯，」他心想：「我是個背井離鄉的失根者。」他想著馥樂里葉家族的精神健康，那是唯有在鄉間才能養成的健康；他家族的體魄也很強健，他祖父曾用手指折彎一枚銅幣。他以激昂的心情回想費羅勒的破曉時分：他起床，躡手躡腳下樓以免吵醒父母，騎上腳踏車，法蘭西島一帶的曼妙風景環繞著他，難以覺察地輕撫他。「我一向厭惡巴黎。」他激動地想。他也讀了《貝麗妮絲的花園》（*Le Jardin de Bérénice*），不時擱下書本思索，雙眼迷茫：看吧，他又再度被贈予一種性格與命運，這樣可以逃避他自身意識的喋喋不休，這是一種定義自我、評估自己的方式。但是相較於佛洛伊德筆下那些淫穢下流的禽獸，巴雷斯贈予他的無意識則是滿溢田園氣息，他偏好這樣。若要弄懂它，呂希昂只需將注意力從自己身上移開，自我注視既危險又徒勞，他應當轉而研究費羅勒的土壤與地下層，解讀那一直延伸到賽內特（Sernette）的起伏丘陵指向何方，在人文地理與歷史中尋求解答。另一個方式更簡單：直接搬回費羅勒鎮，在那兒生活，找回真正的自我，它豐饒而無害，沿著費羅勒的田野開展，摻雜了樹林、泉水、青草，像飽含營養的腐殖土，而呂希昂終於能在其中汲取成為一名領袖所需要的能量。結束這長長的遐想之後，呂希昂萬分激昂，有時甚至感覺自己找到了該走的路。而今，當他在穆德身旁默默摟著她的腰時，迴盪心中的是一些隻字片語：「重建傳統」；「故土與故人」；深刻而晦澀的字詞，無窮無盡。「多吸引人啊」，他這樣想著。但他仍不敢相信這套說詞，因為他已失望太多次。他向勒莫爾東傾訴自己的擔憂：「這未免太美好了。」「親愛的朋友，」勒莫爾東回道：「人不會立刻相信他想要的事物，因此必須用行動來付諸實踐。」他思考一陣，然後說：「你應該加入我們。」呂希昂欣然接受這提議，但他還是想先講明自己保有選擇的自由。「我會去，」他說：「但這不代表我正式加入。我想先看看再考慮。」

呂希昂迷上了這群年輕的保皇激進派之間的情誼。他們熱忱而直率地迎接他，而他隨即感覺自己和他們相處很自在。他很快熟識勒莫爾東的「集團」，二十多人都是學生，幾乎每個人都頭戴天鵝絨貝雷帽。他們總聚在墾堤酒館的二樓，玩橋牌、打撞球。呂希昂常去那兒找他們，並且很快發現自己已被視為他們的一員，因為他們總會在他抵達時大嚷：「最帥的來了！」或「我們的國產馥樂里葉來了！」但呂希昂最著迷的，是他們的歡樂快活：他們絕不賣弄學問，一點都不嚴肅乏味，也很少聊政治。他們歡笑、歌唱，就這樣而已。他們高聲喧嘩或拼命鼓掌，來歡慶屬於大學生的青春。至於勒莫爾東，儘管他依舊保有那份無人膽敢置喙的權威，卻也放鬆了些，任自己跟著微笑。呂希昂通常不說話，視線遊走於這些喧鬧而健壯的青年之間。「他們很有力量。」他心想。呂希昂置身於這群青年之間，漸漸發現，青春真正的意義，其實不是布勒杰這種人醉心的虛偽優雅；青春，是法國的未來。此外，勒莫爾東的同伴們並沒有青少年那種撲朔迷離的懵懂魅力，他們已是成年男性，當中好幾人留著鬍子。若仔細端詳，會發現他們每個人都散發相似的氣息，他們已經擺脫這個年紀的積習與躊躇，該學的他們都已學習完畢，他們已全然成熟。一開始，這群人輕浮而殘酷的玩笑話讓呂希昂有些憤慨，他們似乎顯得很沒自覺。荷米告訴大家激進派領導人的妻子杜布斯（Dubus）太太被卡車撞斷兩條腿時，呂希昂原本以為大家會簡短哀悼一下這位不幸的敵手，但他們全員放聲大笑，拍腿大嚷「這個老爛貨！」、「卡車司機真了不起！」呂希昂有點不舒服，但他突然理解他們的大笑有淨化作用，而那其實是一種抵抗，因為他們嗅到危險的氣息，他們不願表現出懦弱的憐憫之情，於是便關閉心門。呂希昂也笑了起來。這些玩笑的真實樣貌，漸漸顯現在他眼前：輕佻浮躁只是表象，其內在其實是一種權利的表明：他們的理念是如此深厚、如此虔誠，因此給了他們故作輕浮的權利，讓他們可以用一句俏皮話轉移話題，無視所有不重要的事物。比方說，夏爾．莫拉斯⓭筆下的殘酷幽默，和墾堤酒館這群人當中的德施裴侯會開的玩笑（他口袋裡有個舊保險套，他稱之為「布魯姆的包皮⓮」），二者之間的差異只是程度問題。一月，巴黎大學宣布將舉辦一場隆重典禮，頒發「名譽博士」學位給兩名瑞典礦物學家。「你會見識一場精采的騷動。」勒莫爾東邊說邊遞給呂希昂一張邀請卡。大禮堂擠滿了人。當呂希昂看見共和國總統與大學校長在〈馬賽曲〉的樂聲中進入禮堂時，他心跳加快，為朋友們感到擔憂。幾乎於此同時，觀眾席上有幾名年輕人站起身來，開始大吼。呂希昂欣然認出荷米，他的臉紅得像顆番茄，一面抵抗兩名一左一右拉扯他西裝上衣的男人，一面大

⓭ 譯註：夏爾．莫拉斯（Charles Maurras，1868 ～ 1952），法國作家、極右派政治家。

⓮ 譯註：萊昂．布魯姆（Léon Blum，1872 ～ 1950），法國作家、左派政治家，是 1920 ～ 1930 年代的社會黨領導人，曾三度就任法國總理。布魯姆出身於猶太家庭，因此德施裴侯拿割禮開玩笑。

喊：「法蘭西屬於法國人。」但呂希昂覺得特別有趣的，是看見一名老先生吹著一支小喇叭，神情像個胡鬧的孩子。「真是有益健康。」他這樣想。他激動地品嚐這前所未見的喧鬧，融合了執拗的莊嚴，使得年輕人有了成熟的神色，而年長者則一臉淘氣，像個頑童。不久之後，呂希昂也開始試著說些笑話，有幾次相當成功。當他說赫里歐⑮「如果是在他的床上安息的話，那就再也沒有上帝了」的時候，他覺得心中燃起一道神聖的怒火，於是咬緊牙關。一時之間，他覺得自己和荷米或德施裴侯一樣嚴厲、強悍、信念堅定。「勒莫爾東說得沒錯，」他心想：「必須用行動付諸實踐，這是一切的解答。」他亦學會拒絕爭辯，圭賈爾只是一個共和主義者，他不斷提出反對意見來遊說呂希昂。呂希昂心甘情願聽他講，但過了好一陣子之後，呂希昂開始不再反應。圭賈爾繼續說，但他甚至不再看著圭賈爾，只顧著壓平褲管的皺摺，一面吐著菸圈玩，一面盯著來往的女性瞧。無論如何，圭賈爾表示反對的道理他多少也懂，但圭

⑮ 譯註：愛德華·赫里歐（Edouard Herriot，1872～1957），法國作家、極左派政治家。

賈爾說的話突然變得毫無重量，輕輕滑過，既輕盈又無關緊要。最後圭賈爾不再說話，深受震撼。呂希昂對雙親聊起自己的新朋友，馥樂里葉先生問他會不會成為保皇激進派。他猶豫一會，接著嚴肅地說：「我被吸引了，我真的被吸引了。」「呂希昂，我求你，別這樣做，」他母親說：「他們很好鬥，很容易發生不幸。你能想像自己被狠狠毒打或被關進監獄嗎？而且你碰政治還太年輕了。」呂希昂僅回以一道堅決的微笑，而馥樂里葉先生再度開口。「親愛的，讓他去吧，」他溫柔地說：「讓他遵循他的想法，這是必經的道路。」從這天起，呂希昂感覺雙親似乎對他多少有點敬意。但他尚未下定決心。這幾週他學到很多，他回想父親善意的問句、母親的擔憂、圭賈爾對他漸生的敬意、勒莫爾東的堅持、荷米的急躁；他搖頭心想：「這事非同小可。」他和勒莫爾東長談，勒莫爾東很能理解他的顧慮，要他別急。呂希昂的憂鬱仍會偶爾發作，他感覺自己只是一團小小的、透明的膠狀物質，在咖啡館的長椅上微微顫抖，而保皇派友人們的狂熱喧鬧，在他眼裡顯得很荒謬。但是其他時刻，他覺得自己像石頭一樣堅硬沉重，並幾乎感到幸福。

他和這群夥伴感情日益融洽。去年暑假，賀布哈荷教他唱一首嘲諷猶太人的歌曲〈蕾貝卡的婚禮〉（*La Noce à Rebecca*），他唱給墾堤酒館的朋友聽，大家都說很好笑。興致勃勃的呂希昂針對猶太人提出一些辛辣的見解，並聊起培赫里亞克多麼吝嗇：「我總搞不懂，他怎麼會這麼小氣，怎麼可能有人這麼小氣。然後有天我明白了：他是那一族的。」所有人都笑了出來，呂希昂心頭慷慨激昂：他確實對猶太人抱持滿腔怒火，而關於培赫里亞克的回憶著實非常不愉快。勒莫爾東直視他的雙眼，對他說：「你，你是個純種。」接下來，他們經常要求呂希昂：「馥樂里葉，跟我們講個猶太佬的逗趣笑話。」而他會講他從父親那兒聽來的猶太人笑話。他只需要用誇張的口音說：「有一添，列菲遇濺了普魯姆……」便能帶給友人無限歡樂。某日，荷米和帕德諾特說他們在塞納河畔遇見一個阿爾及利亞來的猶太人，他們朝他直衝過去，假裝要推他下水，把他嚇個半死。「我心想，」最後荷米這樣說：「馥樂里葉沒跟我們在一起，真是太可惜了。」「他不在場或許比較好，」德施裴侯插嘴說道：「因為他啊，他會真的把那個猶太人拋進水裡！」呂希昂分辨誰可能是猶太人的功力無以倫比。他和圭賈爾出去時，會推推圭賈爾的手肘說：「你別馬上轉頭：我們後面那個小胖子，他是！」「關於這點，」圭賈爾說：「你鼻子真靈！」芬妮也分辨不出誰是猶太人。某個星期四，他們四人一起去了穆德的房間，呂希昂唱起〈蕾貝卡的婚禮〉。芬妮狂笑不已，她說：「別唱了，別唱了，我會笑到失禁。」等他唱完之後，她以幸福的眼神瞥向他，幾乎是溫柔地凝視他。墾堤酒館的夥伴後來很常信口開河逗呂希昂玩，總有人會漫不經心地說：「馥樂里葉那麼喜歡猶太人……」或是「馥樂里葉的摯友萊昂．布魯姆……」而其他人便會屏氣凝神、張著嘴巴，出神地等待後續發展。呂希昂會滿臉通紅，拍著桌子大吼：「我的老……」而他們會放聲大笑，他們會說：「他行動了！他行動了！他不是行動，他是狂奔行動！」

他經常陪他們一同出席政治集會，聽克勞德教授（le professeur Claude）和麥辛・雷亞爾德薩特⓰演講。有了這些新任務之後，他的功課有些落後，但不管怎樣，反正呂希昂這一年是無法指望考上巴黎中央理工學院的。馥樂里葉先生表現得很縱容。「呂希昂總得學習，」他對妻子說：「他身為男人的職責。」這些集會結束時，呂希昂和同伴總是血脈賁張，會因此做出一些孩子氣的惡作劇。有一次，他們十幾個人在聖安德雷藝術街上撞見一名黃褐色皮膚的小個子正在過馬路，一面閱讀《人道報》（*L'Humanité*）。他們將他逼到牆邊，荷米命令他：「丟掉這份報紙。」小傢伙扭扭捏捏，但德施裴侯溜到他身後，用雙臂扣住他，勒莫爾東則用強勁的腕力搶走報紙。好玩極了。小個子陷入狂怒，在空中亂踢，一面用奇怪的口音大嚷：「放開我，放開我。」勒莫爾東非常平靜

⓰ 譯註：麥辛・雷亞爾・德・薩特（Maxime Real del Sarte，1888～1954），法國雕刻家，於1908年創建青年組織「全國保皇小販聯盟」（Fédération nationale des Camelots du roi），該組織以零售保皇派報紙為主要活動，並進一步參與政治表態行動以及武裝行動。

地撕毀報紙。但是德施裴侯正要放開那傢伙時，事態急轉直下：小個子撲向勒莫爾東，要不是荷米及時往他耳朵後面揍上一拳的話，那傢伙一定會毆打勒莫爾東。他撞上牆壁，然後用惡毒的眼神看著他們說：「齷齪的法國人！」「你再說一次。」馬爾契索冷冷地說。呂希昂明白事情不妙，一旦事關法國，馬爾契索就聽不進任何玩笑話。「齷齪的法國人！」外國佬說。他挨了一記響亮的巴掌，向前倒，他埋頭大吼：「齷齪的法國人，齷齪的資產階級，我恨你們，我希望你們全部去死，去死，去死！」接下來是一連串醜惡不堪的辱罵，粗暴得遠遠超過呂希昂能夠想像的程度。他們因此失去耐心，不得不全員下場，好好教訓他一番。過了一陣子，他們放開他，那傢伙倚靠著牆，雙腿打顫，右眼被揍得睜不開，而他們全部圍繞著他，揍累了，等著他自行倒下。他鼓起嘴巴，啐了一口：「齷齪的法國人！」「你要我們繼續揍嗎？」德施裴侯上氣不接下氣地問。那傢伙似乎沒聽見，他用左眼挑釁地看著他們，反覆說道：「齷齪的法國人，齷齪的法國人！」眾人躊躇不前，呂希昂明白他的朋友們打算放棄這一局。他情不自禁衝上前去，用盡全力毆打他。他聽見某個東西斷裂的聲音，那傢伙用怯弱而驚訝的神情看著他。「齷齪的……」他口齒不清，腫脹的眼睛大大睜開，鮮紅的眼球不見瞳仁。他跪倒在地，不再言語。「我們走吧。」荷米低聲說。他們一路奔跑至聖米歇爾廣場才停下腳步，沒有人跟在他們後面。他們把領帶整理好，互相用手撫平衣服。

當晚，這群年輕人並未談及此事，他們對彼此表現得格外親切體貼，因為他們放下了平時用來掩飾情感的那份靦腆的粗暴。他們彬彬有禮地彼此交談，呂希昂認為這是他們首度顯露平常在家裡的模樣。但呂希昂仍舊心煩意亂，他不習慣在街上和流氓互毆。他想著穆德和芬妮，滿腔柔情。

夜裡，他無法成眠。「我不能這樣下去，」他心想：「我不能跟著他們行動，卻只當個半調子。如今一切都已考慮詳盡，我必須投身其中！」當他向勒莫爾東宣布這個好消息時，他覺得莊嚴肅穆，幾乎有種宗教般的虔誠感。「決定了，」他告訴他：「我是你們的一份子。」勒莫爾東拍拍他的肩膀，一伙人喝了幾瓶好酒來慶祝。他們重拾平常那種快活而粗暴的口吻，絕口不提前一天的事件。眾人解散時，馬爾契索對呂希昂說：「你拳擊很猛！」而呂希昂回答：「對手是猶太人！」

再隔天，呂希昂去找穆德，送她一支他在聖米歇爾大道店裡買的粗藤手杖。穆德立刻就懂了，她盯著手杖說：「所以，確定了？」「確定了。」呂希昂微笑著說。穆德一臉欣喜。她個人較傾向支持左派的理念，但她是個心胸開闊的人。「我認為，」她說：「所有黨派都有好的一面。」那天晚上，她數度搔搔他的後頸，叫他「我的小保皇激進派」。不久之後一個週六晚上，穆德覺得疲累。「我要回去休息了，」她說：「但如果你夠乖的話，你可以陪我回去，握著我的手。你的小穆德這麼不舒服，你要好好地體貼她，說故事給她聽。」呂希昂沒有太大興致，穆德的房間是悉心整理的貧乏簡陋，簡直像間傭人房，他看了就難過。但若錯過這大好良機，就太罪過了。穆德一進屋便倒在床上說：「呼！回家真好。」接著她閉口不語，凝視著呂希昂的眼睛，同時蹶起雙唇。他在她身邊躺下，她用手遮住雙眼，張開手指，用孩子氣的語調說：「嗨，我看得到你，你知道嗎，呂希昂，我看得到你！」他覺得全身癱軟沉重，她將手指伸進他的嘴裡，讓他吸吮，接著他溫柔地說：「小穆德不舒服，她一定很難過，可憐的小穆德！」他輕撫她全身上下，她閉上雙眼，用一種神祕的方式微笑。過了一陣子，他掀起穆德的裙子，發現他們正在做愛。呂希昂心想：「我很有天份。」「怎麼，」結束後，穆德這樣說：「我真沒想到！」她凝視呂希昂，溫柔地責怪他：「大壞蛋，我以為你會乖乖的！」呂希昂說他和她一樣驚訝。「事情就這樣發生了。」他說。略微思索之後，她認真地說：「我一點都不後悔。先前那樣或許比較純粹，但沒那麼全面。」

「我有一個情婦。」呂希昂在地鐵上這樣想著。他覺得空虛倦怠，身上滿是苦艾酒和鮮魚的氣味。他坐下，將身子繃得挺直，以免汗濕的襯衫碰到皮膚。他的身體彷若變成了凝固的牛乳。他用力對自己重複：「我有一個情婦。」卻感到消沉。直到昨天為止，穆德吸引他的地方，是她那張盛重優雅的、嚴謹而面無表情的臉；還有她纖細的身影，她端莊的模樣，她守身如玉的聲譽；她蔑視男性。這一切都使她成為一個局外人，貨真價實的另一種人，不妥協、意志堅定，總是遙不可及，腦中充斥一些純淨的念頭，此外還有她的靦腆、她的絲綢長襪、皺紗洋裝、燙過的頭髮。這些美麗的表象都在她和他親熱時全然消逝，只剩下肉身，他將雙唇湊近一張沒有眼睛的臉孔，那臉像腹部一樣空無一物，他占有了一朵偌大的、由濕潤肌膚構成的花。眼前再度浮現那頭盲目的野獸，牠在床單中震顫，伴隨著液體啪啪作響的聲音和毛茸茸的裂口，而他心想：牠就是我們兩人。他們合為一體，他再無法分辨穆德的身體和他自己的身體，從來沒有人帶給他如此噁心的親密感，唯一的例外或許是理理，當理理在樹叢後面展示他的雞雞，或當他不小心尿褲子，光著屁股趴在地上手舞足蹈等待褲子晾乾的時候。想到圭賈爾時，呂希昂的心情稍微放鬆了點，明天他會告訴圭賈爾：「我和穆德上床了，這小女人真騷，老友，我告訴你，她天生如此。」但他渾身不自在，覺得自己彷彿裸身坐在地鐵燠熱的灰塵當中，裸身披著一層薄薄的衣裳，在一名教士旁邊、在兩名上了年紀的太太對面，既僵硬又赤裸，像一支被弄髒的大蘆筍。

圭賈爾熱烈恭喜呂希昂，他本人倒是有點受夠芬妮了：「她個性實在太糟，昨晚她擺了一整夜的臭臉。」他們兩人都同意一件事：像她們這樣的女人，是必須存在的，因為你總不能到結婚之前都維持童男之身，而且她們沒有利害關係，也沒有染病；儘管如此，若真的愛上她們，那就不對了。圭賈爾聊起那些真正嬌貴優雅的少女，於是呂希昂詢問他妹妹的近況。「她很好，」圭賈爾說：「老夥伴，我妹妹說你無情無義。」圭賈爾毫無保留地說：「你知道，有個妹妹還不壞。不然的話，有些事情真的不會懂。」呂希昂完全理解他的意思。之後他們經常談論關於少女的話題，並且詩興大發，圭賈爾很喜歡引述他一個情場浪子叔叔的台詞：「在我糟糕透頂的人生中，我做的或許並非全是好事，但有件事上帝會讚賞我：我寧願剁掉雙手，也不會碰一名少女。」他們回他妹妹琵耶荷特的女性友人家中造訪了幾次。呂希昂很喜歡琵耶荷特，他對她說話的態度像個愛逗弄人的大哥哥，他很感激她沒記仇。他全神貫注於政治活動，每個週日早上，他都會去納伊（Neuilly）市區的教堂前面販售《法國行動報》，板著臉孔來回行走兩個多小時。結束彌撒的少女們有時會抬起真誠坦率的雙眼看他，這時呂希昂會稍微放鬆，感覺自己既純淨又堅強。他對她們微笑。他向勒莫爾東等人表示自己很尊重女性，而他們的寬容正如他所期望，他很開心。他們幾乎都有姊妹。

四月十七日，圭賈爾一家舉辦小型舞會慶祝琵耶荷特的十八歲生日，呂希昂自然也在賓客之列。他和琵耶荷特很熟，她叫他「我的舞伴」，他懷疑她有點愛慕他。圭賈爾太太請了一名業餘鋼琴師，午後時光想必歡樂無比。呂希昂和琵耶荷特共舞幾曲，然後去吸菸室找和朋友聚在一起的圭賈爾。「午安，」圭賈爾說：「我想你們都認識彼此：馥樂里葉；西蒙；凡努司；勒杜。」圭賈爾一一介紹的同時，呂希昂看見一名年輕男子遲疑著湊了過來，他很高，一頭紅棕色捲髮，皮膚呈乳白色，眉毛又濃又黑。怒火沖昏了呂希昂。「這傢伙在這裡做什麼？」他自問：「圭賈爾明明知道，我無法忍受猶太人！」他旋即轉身，快速離去，避免圭賈爾介紹他們。「這個猶太人是怎麼回事？」過了一會，他這樣問琵耶荷特。「他是韋勒，高等商學院的學生，我哥在擊劍場認識的朋友。」「我痛恨猶太人。」呂希昂說。琵耶荷特輕笑一聲。「這一個的性格還算不錯。」她說：「帶我去餐台那邊吧。」呂希昂拿了一杯香檳，還來不及喝，就急急放下，因為眼前就是圭賈爾和韋勒。他狠狠瞪圭賈爾一眼，轉身要走，但琵耶荷特卻捉住他的手臂，而圭賈爾一臉直率地開口。「我朋友馥樂里葉；我朋友韋勒。」他輕鬆地說：「好啦，介紹完畢。」韋勒伸出右手等著握手，呂希昂感到萬分痛苦。幸好他突然想起德施裴侯說過的話：「馥樂里葉會真的把那個猶太人拋進水裡！」他將雙手插進口袋，轉身背對圭賈爾，走了。「我再也無法踏進這房子一步了。」向傭人領回寄放的衣物時，他這樣想著。他心中浮現一種苦澀的自豪。「看吧，堅守信念就是這樣，你再也不能和他人集體生活。」但他的驕傲在街上消逝無蹤，他變得非常憂慮。「圭賈爾應該很憤怒吧！」他搖搖頭，試著以堅定的信心告訴自己：「如果他邀我的話，他就無權邀請一個猶太人！」但他的怒火已經熄滅，眼前再度浮現韋勒訝異的臉和伸出的手，覺得很不安，覺得自己的態度轉為傾向和平共存：「琵耶荷特一定認為我很沒教養。我應該去握那隻手才對。無論如何，那又不代表什麼。克制地打個招呼，然後立刻走遠——我當時應該這樣做才對。」他暗忖現在回圭賈爾家是否還來得及，他會走向韋勒，對他說：「剛才很抱歉，我突然不舒服。」然後握他的手，善意地和他聊一下。但是沒辦法，已經太遲了。他的舉動已無法彌補。「何必呢，」他惱怒地想：「我何必在不懂的人面前展露我的信念！」他聳聳肩膀，心浮氣躁。真是滔天大錯。圭賈爾和琵耶荷特現在正在批評他的為人，圭賈爾一定會說：「他完完全全瘋了！」呂希昂握緊雙拳。「噢！」他絕望地想：「我多恨他們啊！我多恨猶太人啊！」他試圖凝視這巨大的恨意，來汲取一點力量。但那恨意卻在眼前消逝，儘管呂希昂想著萊昂・布魯姆如何仇恨法國人並接受德國人賄賂[17]，心中卻只剩下一股沮喪的漠然。幸運的是，呂希昂去找穆德時，她在家。他說他愛她，數度占有她，激情如怒火熊熊燃燒。「一切都完了，」他心想：「我永遠不會成為某個人物。」「不要，不要！」穆德說：「住手，親愛的，別這樣，不准這樣！」但她最後還是任憑擺

[17] 譯註：這是極右派針對萊昂・布魯姆所散布的謠言。

布。呂希昂親吻她全身上下，覺得自己很幼稚、很邪惡。他很想哭。

隔天早上，呂希昂在學校看見圭賈爾時，心頭一緊。圭賈爾一臉陰鬱，假裝沒看見他。呂希昂氣得無法抄筆記「混帳！」他心想：「這個混帳！」下課時，圭賈爾過來找他，臉色很蒼白。「如果他表示不滿，」呂希昂驚慌地想，「我就賞他幾巴掌。」他們並肩沉默一陣，各自盯著自己的鞋尖瞧。終於圭賈爾以變樣的聲音說：「老夥伴，我很抱歉，我不該這樣對你。」呂希昂大吃一驚，懷疑地盯著他瞧。圭賈爾費力地繼續說：「我是在擊劍場認識他的，你知道，所以我想……我們一起參加了幾場擊劍比賽，他邀我去他家，但我懂，你知道，我不應該這樣做，我不知道是怎麼回事，但是寫邀請卡時，我一秒都沒想到……」呂希昂依舊緘默，因為話說不出口，但心情已轉為寬恕。圭賈爾低著頭繼續說：「怎麼說呢，我一時失策……」「你這蠢才，」呂希昂拍著圭賈爾的肩膀說：「我就知道你不是故意的。」他寬宏大量地說：「我也有錯。我表現得很沒教養。但你要我怎麼辦呢，那超乎我的控制，我沒辦法碰他們，這是本能反應，我總覺得他們手上有鱗片。琵耶荷特怎麼反應？」「她笑得像個瘋子。」圭賈爾一臉可憐樣。「那傢伙呢？」「他明白了。我已盡力圓場，但一刻鐘後他就走了。」圭賈爾的神色依舊羞慚：「我爸媽說你是對的，他們說，當你擁有信念的時候，你就沒辦法做出其他反應。」呂希昂細細品嚐「信念」這個字的滋味。他很想用雙臂擁抱圭賈爾。「老夥伴，這沒什麼，」他對他說：「這不算什麼，只要我們還是好友。」走在聖米歇爾大道上時，呂希昂處於一種驚人的狂熱狀態，他覺得自己不再是自己了。

他心想：「真奇怪，我不是我了，我認不出自己！」天氣很熱，很暖和，人們在戶外漫步，臉上掛著發現春天降臨的第一道驚喜微笑。在懶洋洋的人群中，呂希昂像一塊鋼鐵隱沒其間，他想著：「我不再是我。」這個我，直到昨天，都還是一隻圓鼓鼓的巨大昆蟲，就像費羅勒鎮的蟋蟀。如今，呂希昂感覺自己和碼錶一樣乾淨俐落、清晰明確。他走進泉源咖啡館，點了一杯綠茴香酒。他那幫夥伴不會光顧泉源咖啡館，因為裡面充斥外國佬。但這天，外國佬與猶太人並不妨礙呂希昂。這些黃褐色皮膚的身體微微窸窣作響，像微風吹拂的燕麥田，呂希昂置身其中，感覺自己獨樹一格、散發危險氣息，一枚異常巨大的鐘，斜倚在長椅上，光彩奪目。有趣的是他認出上學期在法學院走廊上被愛國青年團（Jeunesses Patriotes）狠狠痛揍的一個猶太人。這個又矮又肥的醜八怪一副若有所思的模樣，身上並未殘留被毆打的痕跡，他大概有一段時間呈現凹凸不平的狀態，然後又恢復原先圓滾滾的體型，卻散發出一股猥褻的屈從氣息。

此刻，這傢伙看來很幸福，他舒舒服服打著呵欠，一道陽光輕撫他的鼻腔，他搔搔鼻孔，微笑。那是微笑嗎？抑或只是一抹微小的振盪，源生自咖啡館裡的某個角落，並在行進至他嘴邊時消亡？這些外國佬全都漂浮於沉重幽暗的濁水之中，渦流震動他們鬆軟的肌肉，抬起他們雙臂，搖晃他們手指，微微玩弄他們的嘴巴。這些可悲的傢伙！呂希昂幾乎心生憐憫。他們來法國做什麼？是哪道洋流捲走他們，將他們擱在這裡？他們儘管穿得人模人樣，在聖米歇爾大道的裁縫師傅那兒治裝，卻幾乎比水母還不如。呂希昂認為自己不是水母，他不屬於這種可恥的動物，他告訴自己：「我在潛水！」下一刻他便忘卻泉源咖啡館和外國佬，眼前只剩某人的背影，這人寬闊的背部因肌肉結實而起伏，他以平靜而有力的姿態走遠，冷酷地消失在薄霧中。呂希昂亦看見圭賈爾，圭賈爾臉色蒼白注視這道背影遠去，並對某處的琵耶荷特說：「怎麼說呢，一時失策……」呂希昂滿心歡喜，幾乎難以承受這份歡欣：這強而有力的獨行背影，是他自己的背影！而這場景就是昨天發生的事！他拼命努力，終於在某一刻化身為圭賈爾，用圭賈爾的目光來追隨他自己的背影，在他自己面前親身體驗圭賈爾的卑微，並因此感到一種甜美的驚慌。「他們學到了教訓！」他這樣心想。場景變成琵耶荷特的閨房，時間點是未來。琵耶荷特和圭賈爾以不自然的態度指著賓客名單中的一個名字。呂希昂不在場，但他們能感覺他的威力。圭賈爾說著：「啊！不能邀這個人！呂希昂也在，這樣的話可有得瞧了！呂希昂無法忍受猶太人！」呂希昂再度陷入自我陶醉，心想：「呂希昂，就是我！一個無法忍受猶太人的人。」這句話他常掛在嘴邊，但今天這次不同以往。全然不同。當然，表面上它只是陳述事實，就和說「呂希昂不愛生蠔」或「呂希昂喜歡跳舞」是一樣的。然而，有件事不可混淆：或許有人會發現眼前這個小猶太人也喜歡跳舞，但那和水母的顫抖沒有兩樣。只要稍微看看眼前這個該死的猶太佬，就能理解他的喜惡只是像體味一樣黏在身上，像皮膚的反光，會和他一起消失，如他眨動沉重的眼瞼，如他心滿意足的黏膩微笑。但呂希昂的反猶主義就不一樣了：它既冷酷又純粹，矗立於呂希昂自身之外，像一把鋼刃，直指他人胸口。「這是……」他想：「是很神聖的！」他想起小時候，媽媽有時會用某種語氣告訴他：「爸爸在辦公室工作。」這句話在他耳裡像一句神聖的警句，讓他突然必須遵守許多宗教戒律，譬如說，不能玩他的空氣玩具槍；不能大嚷「搭啦啦碰」；他得踮著腳尖穿越走廊，宛如置身大教堂。「現在輪到我了。」他志得意滿地想。有人低聲說：「呂希昂不喜歡猶太人。」大家就全身麻痺，四肢刺痛，被無數小飛鏢戳得疼痛。「圭賈爾和琵耶荷特，」他心懷同情地想：「只是兩個小孩子。」他們犯下大錯，但呂希昂只需稍微齜牙咧嘴，他們就感到內疚，於是小聲講話，踮著腳尖走路。

呂希昂再度對自己感到尊敬，但這次他不再需要透過圭賈爾來注視自己，他在自己眼裡顯得值得敬重——他終於能夠看透自身表象，諸如肉身、喜惡、慣習、情緒。「在我尋找自己之處，」他想：「無法發覺自我。」他曾經誠心誠意針對自己是誰這件事徹底剖析。「但是，如果我只能是我自己，那我就和這個小猶太佬一樣沒價值。」像這樣深入探究私密黏稠的內心世界，結果除了可悲的皮囊、混亂以及所謂眾人平等的卑鄙謊言之外，還能找到什麼？「首要準則：」呂希昂心想：「不應該試圖看清自己的內心。沒有比這更加危險的錯誤。」如今他終於理解，真正的呂希昂，必須在他人的眼中尋找。真正的他存在於琵耶荷特和圭賈爾惶恐的順從之中，在所有為了他而成長茁壯的人們的滿心期望之中——那些日後會成為他的工人的年輕學徒，以及他遲早會擔任市長的費羅勒鎮的男女老幼居民。呂希昂幾乎心生恐懼，幾乎覺得自己太過重要。這麼多人手持武器等待著他，而他過去是、將來也會是他人抱持巨大期望的對象。「領袖就是如此。」他心想。他眼前再度浮現那肌肉結實的背影，緊接出現的，是大教堂的畫面。他置身其中，躡手躡腳，漫走於彩繪玻璃篩落的柔和光芒之中。「但這一次，我就是大教堂！」他以銳利的視線盯著鄰座的古巴人，修長、溫和、而且是褐色的，像一支雪茄。他必須找到一些詞語，來形容此刻的驚人發現。他小心翼翼將手緩緩抬起，觸摸額頭，冥想片刻，像教堂中點燃的蠟燭，專注、神聖。字句自動浮現，他喃喃地說：「我有權利！」權利！它類似三角形或圓形：過度完美，因此並不存在。就算用圓規繪製幾千個圓圈，也創造不出一個絕對的圓。同理可證，一代又一代的工人們可以一絲不苟地遵從呂希昂的命令，他們永遠不會耗盡他發號施令的權利。權利和數學主題或宗教信條一樣，超越於存在之外。看吧，呂希昂正是如此：結合責任與權利的偉大化身。他曾長久相信自己僅是偶然存在、隨波逐流，但那其實是過度思考的謬誤。早在他出生之前，他在費羅勒鎮的位置便已經明明白白決定好了。他早已被等待著，甚至在他父親結婚之前，便已是如此。他來到這個世界，是為了站上這個位子。「我存在，」他心想：「因為我有權存在。」接下來，或許是生平第一次，他眼前突然閃現自己光明的未來。他會考上中央理工學院，這是遲早的事（時機絲毫不重要）。他會甩掉穆德（她無時無刻不想和他上床，真是煩人。他們合而為一的身體在初春的酷熱中，散發一股宛如白酒燴肉燒焦時的氣味。「而且穆德是所有人的穆德，今天屬於我，明天屬於另一個人，這一切一點意義都沒有。」）；他會搬回費羅勒鎮定居。在法國的某個角落，會有一名像琵耶荷特那樣清澈明淨的少女，眼神燦爛如花的鄉下姑娘，為了他守身如玉：她有時試著幻想自己未來的一家之主，這嚇人卻又溫柔的男人，卻無法想像他的模樣。她是個處女，她用身體最私密的部分來承認呂希昂有權獨享她。他會娶她，她將成為他的妻子，他所有權益當中最溫柔的一項。夜裡當她褪下衣裳，她的姿勢微小而神聖，就像獻身儀式。他會在眾人稱讚之下將她擁入懷裡，對她說：「妳屬於我！」她有義務只讓他一人獨享她的風情萬種，而親熱行為對他而言，是充滿肉慾的財產盤點。他最溫柔的權益。最私密的權益，是受人敬重直至血肉深處、是連在床上都被人服從。「我會早婚。」他這樣想著。他也認為，自己會生很多孩子。接著他想到父親的事業，他迫不及待想要接手，心想，不知道馥樂里葉先生能不能早點死。

正午的鐘聲響起，呂希昂站起身來。一場蛻變於焉完成：一小時前，走進這間咖啡館的，是一名優雅而躊躇不前的青少年；而走出咖啡館的，是個成年男子，一名被法國人簇擁的領袖。呂希昂在輝煌的法國晨光之中漫步行走。在聖米歇爾大道與學校路的交叉口，他走近一間文具行，注視鏡子，希望自己臉上流露一種堅定不移的神情，像勒莫爾東讓他欽佩的那種神情。但鏡中卻只出現一張倔強的俊俏小臉，還不夠威嚴。「我要把鬍子留長。」他這樣決定。

國家圖書館出版品預行編目資料

牆：沙特短篇小說【存在主義文學經典・唯一法文直譯完整版】/ 沙特（Jean-Paul Sartre）著；周桂音 譯. -- 初版. -- 臺北市：商周出版, 城邦文化事業股份有限公司出版：英屬蓋曼群島商家庭傳媒股份有限公司城邦分公司發行, 2022.10
面； 公分.
譯自：Le mur
ISBN 978-626-318-430-5（平裝）
876.57 111014781

牆：沙特短篇小說【存在主義文學經典・唯一法文直譯完整版】

Le Mur

作者 / 沙特 Jean-Paul Sartre
譯者 / 周桂音
企劃選書 / 劉俊甫
責任編輯 / 楊如玉

版權 / 吳亭儀、林易萱
行銷業務 / 林詩富、周丹蘋
總編輯 / 楊如玉
總經理 / 彭之琬
事業群總經理 / 黃淑貞
發行人 / 何飛鵬
法律顧問 / 元禾法律事務所　王子文律師
出版 / 商周出版
城邦文化事業股份有限公司
115台北市南港區昆陽街16號4樓
電話：(02) 2500-7008 傳真：(02) 2500-7579
E-mail：bwp.service@cite.com.tw
發行 / 英屬蓋曼群島商家庭傳媒股份有限公司城邦分公司
115台北市南港區昆陽街16號8樓
書虫客服服務專線：(02) 2500-7718・(02) 2500-7719
服務時間：週一至週五09:30-12:00・13:30-17:00
24小時傳真服務：(02) 2500-1990・(02) 2500-1991
郵撥帳號：19863813　戶名：書虫股份有限公司
E-mail：service@readingclub.com.tw
歡迎光臨城邦讀書花園　網址：www.cite.com.tw
香港發行所 / 城邦（香港）出版集團有限公司
香港九龍土瓜灣土瓜灣道86號順聯工業大廈6樓A室
電話：(852) 2508-6231　傳真：(852) 2578-9337
E-mail：hkcite@biznetvigator.com
馬新發行所 / 城邦（馬新）出版集團 Cite (M) Sdn. Bhd. (458372 U)
41, Jalan Radin Anum, Bandar Baru Sri Petaling, 57000 Kuala Lumpur, Malaysia.
電話：(603) 9056-3833　傳真：(603) 9057-6622
E-mail：services@cite.my

封面設計 / FE設計葉馥儀
排版 / 新鑫電腦排版工作室
印刷 / 韋懋實業有限公司
經銷商 / 聯合發行股份有限公司
電話：(02) 2917-8022　傳真：(02) 2911-0053
地址：新北市231新店區寶橋路235巷6弄6號2樓

■2022年10月初版1刷
■2024年08月初版4刷
定價 460元

Printed in Taiwan
城邦讀書花園
www.cite.com.tw

ISBN 978-626-318-430-5